西京杂记

古人的繁华人间

精选本

[汉]刘歆◎撰　刘瑜◎绘

江西美术出版社
全国百佳图书出版单位

出版说明

中国，作为世界上唯一一个文明传统未曾中断过的国家，经历了多个历史朝代，缔造了无数举世瞩目的成就。中华民族更是个伟大而富有智慧的民族，创造了繁华的贸易经商环境、宜养宜居的生活环境、极富创造力的思想环境，这些都为中华文明的流传繁盛厚植了土壤。

本丛书的出版是基于我社关于"古人"产品线的延伸，是继《古人的雅致生活》（10册）、《古人的奇幻世界》（4册）后的第三个系列产品，旨在扩大对古人世界宽度、广度、深度的挖掘。原有系列产品的内容已大致覆盖了关于古人生活方式、思想方式的理解，本丛书则从古人的社会生活角度来进行甄选，从古代节日、风俗、游玩景点、山川气候、城市风貌、社会逸闻等方面来进行展示，全方位讲述古人的有趣生活。

当前我们挑选的底本涉及汉、唐、北宋、南宋、明5个历史时期，具体地区包括西汉首都长安（今西安）、北宋首都东京汴梁（今开封）、南宋都城临安（今杭州）、唐代皇宫和明代江浙等地区。书中涉及地区广泛，且朝代不同，社会风貌有天壤之别，展现的故事见闻有趣，令人欣喜，希望读者翻开本丛书，能跟随原著脚步，走遍故土山河，感受不一样的时代魅力。

丛书所选文本都是权威经典著作（因版面有限，部分篇目做了删节），不仅是专家学者研究古代社会生活的重要历史文献，更是反映当时民风时尚、经济状况和城市生活的真实写照。丛书的作者不仅有文学家、史学家，而且所写内容以作者亲身经历为主，文笔轻松，为我们展现的是活生生的生活侧影，也包含着作者对过往生活经历的无限眷恋。丛书仍以原文与译文对照阅读、精美配画辅助理解为主，适当改变了排版风格，使之更适合当代读者的阅读习惯，同时配画力求反映原文之大意，以图释文，兼具欣赏与实用性。

策划本丛书，旨在重塑古代经典著作，向大众读者介绍中华传统文化中的精华内容。我们希望这些在古代也曾是大众读物的内容，不再只被有古汉语文学功底的读者熟悉，让更多读者看见、接受，拉近现代读者与古代经典著作的距离，打破大众读者对古代传统著作的刻板印象。所以，我们将古代经典著作以更现代、更贴近大众的方式呈现给读者，这也是我们在传承中华优秀传统文化上做出的一点小小尝试。

由于时间相对匆促，书中难免存在遗憾和不足，敬请广大读者批评指正！

编者

2021 年 11 月

目录

卷壹

卷贰

卷叁

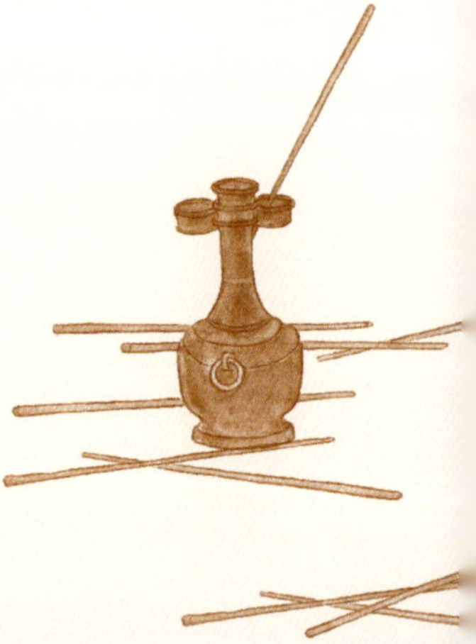

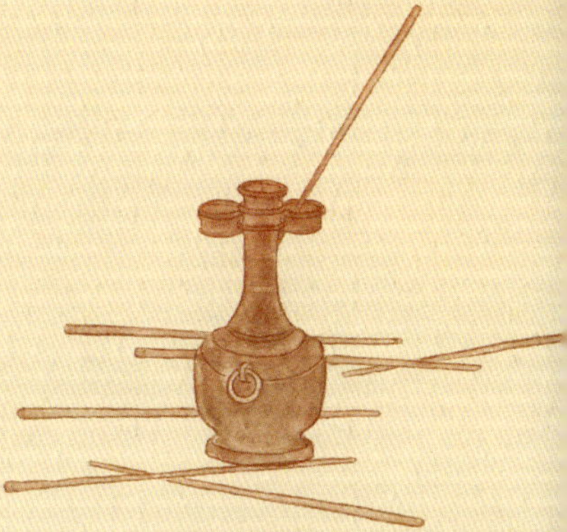

卷壹

萧何营未央宫

·原文·

汉高帝七年，萧相国营未央宫。因龙首山制前殿，建北阙。未央宫周回二十二里九十五步五尺，街道周回七十里。台殿四十三，其三十二在外，其十一在后。宫池十三，山六，池一、山一亦在后。宫门闼凡九十五。

·译文·

汉高祖七年（前200），相国萧何（奉诏）修建了未央宫。顺着龙首山的山势修建前殿和北面的门楼。未央宫周围长二十二里九十五步五尺，里面道路的总长度有七十里那么长。宫里有台殿四十三座，其中三十二座在外朝（即前殿所在的范围），十一座在后宫。宫中有水池十三口，小山六座，其中有一口水池和一座小山在后宫。宫中大门和小门一共有九十五个。

昆明池养鱼

·原文·

武帝作昆明池，欲伐昆吾夷，教习水战。因而于上游戏养鱼，鱼给诸陵庙祭祀，余付长安市卖之。池周回四十里。

·译文·

汉武帝命人在长安城修建昆明池，准备讨伐东部的昆吾氏一族，在昆明池教习士兵水战，后在昆明池中嬉戏养鱼，这些鱼主要供给陵寝和宗庙祭祀，多余的可以拿到长安的市场上卖掉。昆明池周长有四十里。

八月饮酎

原文

汉制：宗庙八月饮酎，用九酝太牢，皇帝侍祠。以正月旦作酒，八月成，名曰酎，一曰九酝，一名醇酎。

译文

汉代的制度：宗庙每年八月要用新酒祭祀祖先，用经过多次酝酿的醇酒以及牛、羊、猪三种动物为供品，皇帝亲自主持祭祀。新酒从正月初一开始制作，八月酿成，称作“酎”。还有一种说法，即这种酒经过多次酿造，又叫“醇酎”。

止雨如祷雨

·原文·

京师大水，祭山川以止雨。丞相御史二千石祷祠，如求雨法。

·译文·

京都长安城发大水，要祭祀山川来祈祷上天停雨。丞相、御史大夫和俸禄达到两千石的官员都要去祷告祭祀，仪式和求雨时一样。

天子笔

·原文·

天子笔管，以错宝为跗，毛皆以秋兔之毫，官师路扈为之。以杂宝为匣，厕以玉璧翠羽，皆直百金。

·译文·

天子所用毛笔的笔管，用金银和宝石镶嵌在笔管的末端，笔毫都用的是秋天兔子身上的毛，由官府专门的制笔工匠路扈来制作完成。装笔的盒子也镶着各种宝石，边沿上用玉璧和翡翠色的羽毛来装饰，这些价值百金。

几被以锦

·原文·

汉制：天子玉几，冬则加绨锦其上，谓之绨几。以象牙为火笼，笼上皆散华文，后宫则五色绫文。以酒为书滴，取其不冰；以玉为砚，亦取其不冰。夏设羽扇，冬设缯扇。公侯皆以竹木为几，冬则以细罽为橐以凭之，不得加绨锦。

·译文·

汉代的制度：皇帝用的玉几，冬天要在上面铺上厚滑光亮的彩色丝锦，称作“绨几”（即给玉几包上厚绸子）。用象牙做成火笼，火笼上布满花纹。后宫嫔妃们用的火笼上面则散布着仿彩色绫布的花纹。皇帝用酒当水滴研墨，因为酒不易结冰；用玉砚台，也是因为它不易结冰。皇帝出行仪仗中，夏天的时候要置备长柄羽扇，冬天则置备缯扇。王公大臣都用竹木为几，冬天就用精细的毛织品做成口袋套在几上，供人倚靠，不允许在几上使用皇帝才能用的那种彩色丝锦。

吉光裘

原文

武帝时，西域献吉光裘，入水不濡。上时服此裘以听朝。

译文

汉武帝的时候，西域向汉朝进献吉光裘。这件裘袍放入水中也不会被浸湿。汉武帝上朝听政时经常穿着它。

戚夫人歌舞

· 原文 ·

高帝、戚夫人善鼓瑟击筑。帝常拥夫人倚瑟而弦歌，毕，每泣下流涟。夫人善为翘袖折腰之舞，歌《出塞》《入塞》《望归》之曲，侍婢数百皆习之。后宫齐首高唱，声入云霄。

· 译文 ·

汉高祖和他的宠姬戚夫人，擅长鼓瑟击筑。高祖常常抱着戚夫人，随着瑟、筑的伴奏而歌唱。唱罢，便潸然泪下。戚夫人还擅长跳翘袖折腰的舞蹈，唱《出塞》《入塞》《望归》等曲子，数百名侍婢都学着唱，众人在后宫中齐声高歌，歌声响彻云霄。

弡环

·原文·

戚姬以百炼金为弡环，照见指骨。上恶之，以赐侍儿鸣玉、耀光等，各四枚。

·译文·

戚夫人用百炼金做成指环，戴在手上能照见手指骨节。高祖很讨厌这些指环，戚夫人就把这些指环赏赐给侍女鸣玉、耀光等人各四枚。

鱼藻宫

·原文·

赵王如意年幼，未能亲外傅。戚姬使旧赵王内傅赵媪傅之，号其室曰养德宫，后改为鱼藻宫。

·译文·

赵王如意年纪幼小，不能够自己外出接受老师的教诲，所以他母亲戚夫人就让前任赵王的保姆，一位姓赵的老年妇人来教养他。给他居住的宫室取名为“养德宫”，后来又改成“鱼藻宫”。

缢杀如意

· 原文 ·

惠帝尝与赵王同寝处，吕后欲杀之而未得。后帝早猎，王不能夙兴，吕后命力士于被中缢杀之。及死，吕后不之信。以绿囊盛之，载以小軿车，入见，乃厚赐力士。力士是东郭门外官奴，帝后知，腰斩之，后不知也。

· 译文 ·

（赵王如意被吕后召进长安后）汉惠帝曾与赵王一直一起起居，吕后屡次想杀掉赵王而未得。后来，有一天惠帝早晨起来去打猎，赵王不能很早起来，就没有随惠帝去打猎，吕后便派力士将赵王在被子里勒死了。等到赵王死了，吕后还不相信，力士又用一只绿口袋装着赵王的尸首，用帷幔遮掩的小车载着入后宫觐见吕后。吕后看过之后才重重地赏赐力士。力士是长安城东郭门外官府的奴仆。惠帝后来得知此事，腰斩了力士，而吕后却不知道。

乐游苑

·原文·

乐游苑自生玫瑰树，树下多苜蓿。苜蓿一名怀风，时人或谓之光风，风在其间，常萧萧然，日照其花，有光采，故名苜蓿为怀风。茂陵人谓之连枝草。

·译文·

乐游苑里面自行生长出了一株玫瑰树，树下长了很多的苜蓿。苜蓿又叫“怀风”，当时的人有的又称它为“光风”。风吹入苜蓿中，苜蓿就摇动起来，萧萧作响。阳光照到苜蓿上面，花儿便有了光彩，所以又把苜蓿命名为“怀风”。茂陵人则称它为“连枝草”。

太液池

原文

太液池边皆是雕胡、紫萚、绿节之类。菰之有米者，长安人谓为雕胡；葭芦之未解叶者，谓之紫萚；菰之有首者，谓之绿节。其间凫雏雁子布满充积，又多紫龟绿鳖，池边多平沙，沙上鹈鹕、鹧鸪、䴔䴖、鸿鶂，动辄成群。

译文

太液池周围生长的都是一些雕胡、紫萚、绿节之类的植物。菰中有米一样果实的，长安人称它为“雕胡”；初生的芦苇未开叶的，被称为“紫萚”；菰中有头的，被称为“绿节”。这些植物中，到处都是小野鸭和野雁，还有很多紫龟和绿鳖。太液池边也有很多平旷的沙池，沙池上有鹈鹕、鹧鸪、䴔䴖、鸿鶂等水鸟，经常成群结队地飞。

终南山华盖树

·原文·

终南山多离合草，叶似江蓠，而红绿相杂，茎皆紫色，气如萝勒。有树直上百尺，无枝，上结丛条如车盖，叶一青一赤，望之班驳如锦绣，长安谓之丹青树，亦云华盖树。亦生熊耳山。

·译文·

终南山上多离合草，叶子长得像江蓠，却红绿相杂。草茎都呈紫色，气味像罗勒一样。山上还有一种树，笔直向上生长，高达百尺，却没有枝杈，树顶上枝条缠结，形同车盖，树叶一面青一面红，看上去色彩斑斓如同刺绣一样美丽。长安人称这种树为“丹青树”，也称为“华盖树”。这种树也生长在熊耳山。

剑光射人

·原文·

汉帝相传以秦王子婴所奉白玉玺、高祖斩白蛇剑。剑上有七采珠、九华玉以为饰，杂厕五色琉璃为剑匣。剑在室中，光景犹照于外，与挺剑不殊。十二年一加磨莹，刃上常若霜雪。开匣拔鞘，辄有风气，光彩射人。

·译文·

汉代皇帝将秦王子婴投降时所献的白玉玺和高祖皇帝斩白蛇所用的宝剑代代相传。剑上用绚丽多彩的珠玉装饰，以琉璃宝石做剑盒。剑在室内，光芒仍能照到外面，与拔出来的宝剑发出的光芒没有两样。十二年磨砺一次宝剑，剑刃上常常像有霜雪一样发亮。打开剑盒，把宝剑从剑鞘中拔出，就现出一股剑光寒气，光彩逼人。

七夕穿针开襟楼

·原文·

汉彩女常以七月七日穿七孔针于开襟楼，俱以习之。

·译文·

汉代的宫女常常于每年的七月初七这天在开襟楼穿七孔针，大家对此事都已经习惯了。

身毒国宝镜

原文

宣帝被收系郡邸狱，臂上犹带史良娣合采婉转丝绳，系身毒国宝镜一枚，大如八铢钱。旧传此镜见妖魅，得佩之者为天神所福，故宣帝从危获济。及即大位，每持此镜，感咽移辰。常以琥珀笥盛之，缄以戚里织成锦，一曰斜文锦。帝崩，不知所在。

译文

汉宣帝被逮捕关押在郡邸的监狱中时，他的手臂上还佩戴着史良娣用彩色丝线编织的婉转丝绳，上面系着一枚来自身毒国的宝镜，宝镜有八铢钱那么大。相传这枚宝镜能够照见妖魔鬼怪，佩戴它的人会得到天神的福佑，所以汉宣帝能够从危难中得到解救。汉宣帝继承皇位后，每次拿着这枚宝镜，都会长时间地感叹呜咽。他曾用琥珀装饰的竹筐装宝镜，并用戚里出产的织成锦，又有人说是斜纹锦包裹它。宣帝去世后，宝镜也不知道到哪里去了。

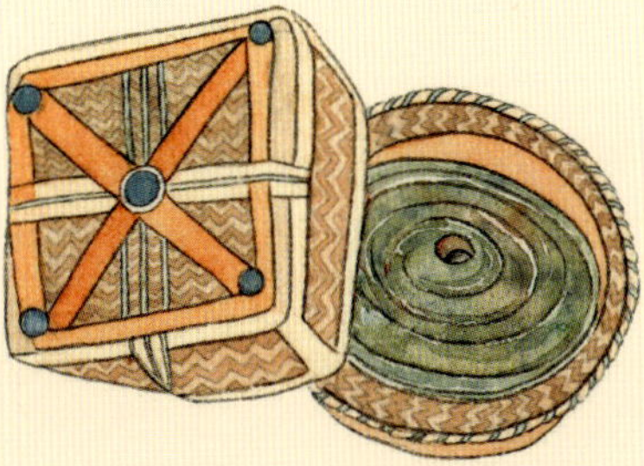

·原文·

霍光妻遗淳于衍蒲桃锦二十四匹、散花绫二十五匹。绫出钜鹿陈宝光家，宝光妻传其法。霍显召入其第，使作之。机用一百二十镊，六十日成一匹，匹直万钱。又与走珠一琲，绿绫百端，钱百万，黄金百两，为起第宅，奴婢不可胜数。衍犹怨曰："吾为尔成何功，而报我若是哉！"

·译文·

霍光的妻子霍显（为了感谢淳于衍），送给淳于衍蒲桃锦二十四匹，散花绫二十五匹。散花绫出自钜鹿郡陈宝光家，陈宝光的妻子继承了织造这种绫的技法。霍显把她招进自己家，让她织绫。织机上用一百二十个提综的踏板，六十天才织成一匹，每匹都价值上万钱。霍显又给淳于衍走珠一琲（五百枚）、绿绫一百端、钱百万、黄金百两，还为他修建宅院，宅院里的奴仆不计其数。淳于衍仍然抱怨说："我为你立了何等的大功啊，难道你就只用这些东西报答我！"

霍显为淳于衍起第赠金

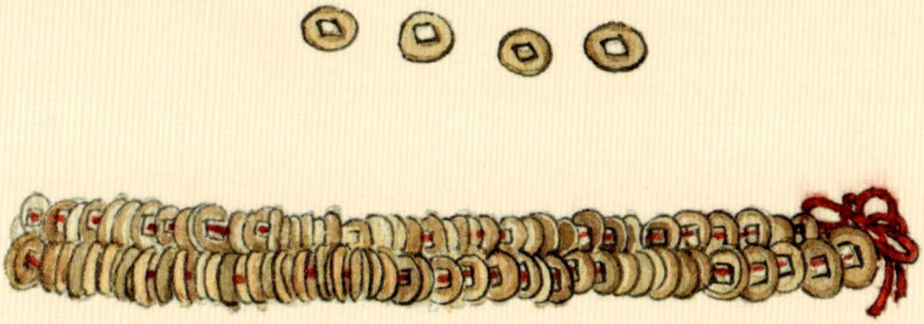

旌旗飞天堕井

原文

济阴王兴居反，始举兵，大风从东来，直吹其旌旗，飞上天入云，而堕城西井中。马皆悲鸣不进。左右李廓等谏，不听。后卒自杀。

译文

济阴王（应为济北王）刘兴居造反，刚开始准备发兵的时候，有一阵大风从东边吹过来，把他的军旗径直吹上天空，高入云端，最后坠落在城西的井中。战马都悲切地嘶鸣，不肯前进。刘兴居身边的亲信如李廓等人都劝谏他不要谋反，他不听，最终兵败自杀而亡。

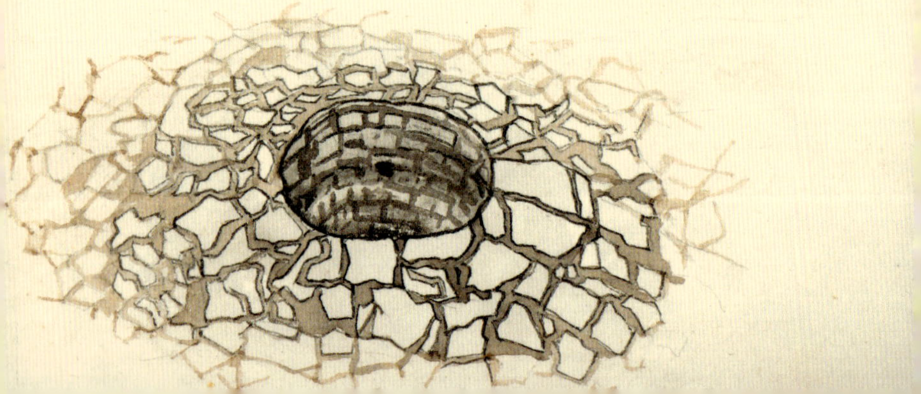

弘成子文石

原文

五鹿充宗受学于弘成子。成子少时，尝有人过己，授以文石，大如燕卵。成子吞之，遂大明悟，为天下通儒。成子后病，吐出此石，以授充宗，充宗又为硕学也。

译文

五鹿充宗师从弘成子学习（儒家学说）。弘成子小时候，曾经有人来探访他，送给他一块有花纹的石头，有燕子生的蛋那么大。弘成子吞下这块石头之后，就变得非常聪明，悟性甚高，后成为学识渊博的大宗师。弘成子后来病重时，吐出了这块石头，把它送给了充宗。充宗吞了这块石头以后，也变成了一个博学多闻、声名卓著的学者。

黄鹄歌

· 原文 ·

始元元年，黄鹄下太液池。上为歌曰："黄鹄飞兮下建章，羽肃肃兮行跄跄，金为衣兮菊为裳。唼喋荷荇，出入蒹葭，自顾菲薄，愧尔嘉祥。"

· 译文 ·

始元元年（前 86），有一只黄鹄飞临太液池。昭帝作了一首歌："黄鹄飞来啊，降落在建章宫，振翅飞翔啊，跳跃翱翔，上身金色啊，腹下菊黄。你在荷花荇菜中觅食，在蒹葭中飞来飞去，我自己觉得仁德微薄、才能浅陋，愧对你带来的祥瑞。"

送葬用珠襦玉匣

• 原文 •

汉帝送死皆珠襦玉匣。匣形如铠甲，连以金缕。武帝匣上皆缕为蛟龙鸾凤龟麟之象，世谓为蛟龙玉匣。

• 译文 •

汉代皇帝丧葬时，都用金缕玉衣作为殓服装饰。玉衣的形状像铠甲，将玉石一片片用金丝线串联起来。武帝的玉衣上面，都雕刻着蛟、龙、鸾、凤、龟、麟等图案，世人称为“蛟龙玉匣”。

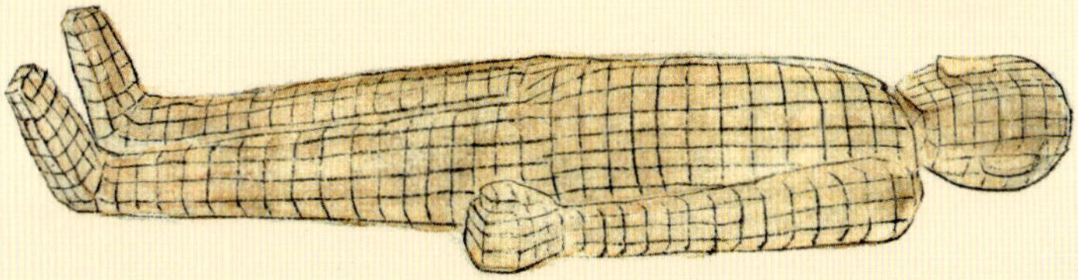

三云殿

·原文·

成帝设云帐、云幄、云幕于甘泉紫殿，世谓三云殿。

·译文·

汉成帝在甘泉宫紫殿中张设带有云纹图案的云帐、云幄、云幕，世人因此称紫殿为“三云殿”。

掖庭

原文

汉掖庭有月影台、云光殿、九华殿、鸣鸾殿、开襟阁、临池观，不在簿籍，皆繁华窈窕之所栖宿焉。

译文

汉代皇宫中的掖庭包括月影台、云光殿、九华殿、鸣鸾殿、开襟阁、临池观等宫舍，那些还没有上掖庭名册的美丽的宫女们都居住在这里。

昭阳殿

·原文·

赵飞燕女弟居昭阳殿，中庭彤朱，而殿上丹漆，砌皆铜沓，黄金涂，白玉阶，壁带往往为黄金釭，含蓝田璧，明珠翠羽饰之。上设九金龙，皆衔九子金铃，五色流苏。带以绿文紫绶，金银花镊。每好风日，幡旄光影，照耀一殿，铃镊之声，惊动左右。中设木画屏风，文如蜘蛛丝缕，玉几玉床，白象牙簟，绿熊席。席毛长二尺余，人眠而拥毛自蔽，望之不能见，坐则没膝，其中杂熏诸香，一坐此席，余香百日不歇。有四玉镇，皆达照，无瑕缺。窗扉多是绿琉璃，亦皆达照，

·译文·

赵飞燕的妹妹居住在昭阳殿，殿前的庭院用彤红色的漆涂地，而殿上则用丹红色的漆。门槛外面都包裹着一层铜，铜上面又鎏有一层黄金。台阶用白玉做成。墙壁上方露出的横木都用金釭包裹，金釭上镶嵌着蓝田美玉，并且用明珠和翡翠、羽毛来装饰。上面还雕刻有九条金龙，每条金龙嘴里都衔着九子金铃，铃铛下面又垂着五色的穗带。壁带上面还有带着绿色花纹的紫色绶带，下面悬挂着金银制作的铃铛，铃铛上雕有各种鲜花图案。每逢风和日丽，彩旗的光彩照亮整座宫殿，清脆悦耳的铃铛在风中振荡，惊动附近的人们。殿中设有木画屏风，花纹如蜘蛛牵丝，还有白玉的几案和床，又有白色的象牙凉席，和绿熊皮制作的席子。绿熊席上的毛有二尺多长，睡觉时躲在里面，从远处都不能看到人。平时坐在席子上面，熊毛能盖过膝盖。席子上还混杂熏着多种香料，只要在这个席子上坐过，身上沾染的香味百日不得消散。席子四周还有四个玉镇，都晶莹透亮没有一点儿瑕疵。殿中的窗户

毛发不得藏焉。椽桷皆刻作龙蛇，萦绕其间，鳞甲分明，见者莫不兢栗。匠人丁缓、李菊，巧为天下第一。缔构既成，向其姊子樊延年说之，而外人稀知，莫能传者。

多用绿琉璃镶嵌，晶莹透亮，连一根头发都不能隐藏。椽木桷木上都雕有龙蛇的图案，龙蛇缠绕在椽桷之间，鳞甲也雕刻得栩栩如生，看到的人没有不感觉到害怕的。负责修建昭阳殿的工匠丁缓、李菊，技艺精巧，为全国第一。昭阳殿竣工以后，只是向他姐姐的儿子樊延年说起过昭阳殿的情况，但宫外很少有人知道此事，所以昭阳殿的奢华情况也没有流传开来。

珊瑚高丈二

·原文·

积草池中有珊瑚树，高一丈二尺，一木三柯，上有四百六十二条。是南越王赵佗所献，号为烽火树。至夜，光景常欲燃。

·译文·

上林苑积草池中有一株珊瑚树，高有一丈二尺，主干上有三个分杈的树枝，树枝上又有四百六十二个小枝条。这株珊瑚树是南越国王赵佗进献的，因为远看像烽火所以被称为“烽火树”。每到夜晚，珊瑚树闪闪发光，就好像要燃烧起来一样。

玉鱼动荡

原文

昆明池刻玉石为鱼，每至雷雨，鱼常鸣吼，鬐尾皆动。汉世祭之以祈雨，往往有验。

译文

昆明池里面有一条用玉石雕刻的鲸鱼，每到打雷下雨的时候，石鱼常常发出鸣吼的声音，鱼鳍鱼尾都摇摆起来。汉代常常祭拜它以祈求下雨，而且往往很灵验。

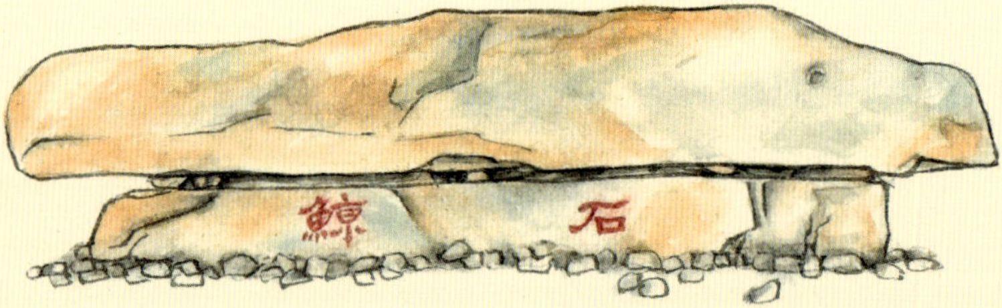

上林名果异木

注

·原文·

初修上林苑，群臣远方，各献名果异树，亦有制为美名，以标奇丽。梨十：紫梨、青梨实大、芳梨实小、大谷梨、细叶梨、缥叶梨、金叶梨出琅琊王野家，太守王唐所献、瀚海梨出瀚海北，耐寒不枯、东王梨出海中、紫条梨。枣七：弱枝枣、玉门枣、棠枣、青华枣、樗枣、赤心枣、西王枣出昆仑山。栗四：侯栗、榛栗、瑰栗、峄阳栗峄阳都尉曹龙所献，大如拳。桃十：秦桃、榹桃、缃核桃、金城桃、绮叶桃、紫文桃、霜桃霜下

·译文·

汉武帝刚开始扩建上林苑的时候，朝廷大臣和远方的藩王，都各自献上名贵的果树和奇异的树木。有的还取上一个好听的名字，来标榜果木的珍奇绚丽。

梨树共有十种：紫梨、青梨（果实很大）、芳梨（果实较小）、大谷梨、细叶梨、缥叶梨、金叶梨（出自琅琊郡王野家，是琅琊太守王唐进献的）、瀚海梨（出自瀚海以北的地方，耐寒，冬天也不枯萎）、东王梨（出自东海的岛上）、紫条梨。枣树有七种：弱枝枣、玉门枣、棠枣、青华枣、樗枣、赤心枣、西王枣（出自昆仑山）。栗树有四种：侯栗、榛栗、瑰栗、峄阳栗（是峄阳都尉曹龙进献的，果实有拳头那么大）。桃树有十种：秦桃、榹桃、缃核桃、金城桃、绮叶桃、紫文

可食、胡桃出西域、樱桃、含桃。李十五：紫李、绿李、朱李、黄李、青绮李、青房李、同心李、车下李、含枝李、金枝李、颜渊李出鲁、羌李、燕李、蛮李、侯李。柰三：白柰、紫柰花紫色、绿柰花绿色。查三：蛮查、羌查、猴查。椑三：青椑、赤叶椑、乌椑。棠四：赤棠、白棠、青棠、沙棠。梅七：朱梅、紫叶梅、紫花梅、同心梅、丽枝梅、燕梅、猴梅。杏二：文杏材有文采、蓬莱杏东郭都尉于吉所献。一株花杂五色，六出，云是仙人所食。桐三：椅桐、梧桐、荆桐。林檎十株，枇杷十株，橙十株，

桃、霜桃（下霜以后才能吃）、胡桃（出自西域）、樱桃、含桃。李树有十五种：紫李、绿李、朱李、黄李、青绮李、青房李、同心李、车下李、含枝李、金枝李、颜渊李（出自鲁地）、羌李、燕李、蛮李、侯李。柰树有三种：白柰、紫柰（花是紫色的）、绿柰（花是绿色的）。查树有三种：蛮查、羌查、猴查。椑树有三种：青椑、赤叶椑、乌椑。棠树有四种：赤棠、白棠、青棠、沙棠。梅树有七种：朱梅、紫叶梅、紫花梅、同心梅、丽枝梅、燕梅、猴梅。杏树有两种：文杏（树上有花纹）、蓬莱杏（是东郭郡都尉于吉进献的。一株树上开的花混杂有多种颜色，每朵有六片花瓣，据说这种桃是仙人吃的）。桐树有三种：椅桐、梧桐、荆桐。其余还有林檎十株、枇杷十株、橙十株、安石榴一株、楟十株、白银树十株、黄

安石榴十株，梈十株，白银树十株，黄银树十株，槐六百四十株，千年长生树十株，万年长生树十株，扶老木十株，守宫槐十株，金明树二十株，摇风树十株，鸣风树十株，琉璃树七株，池离树十株，离娄树十株，楠四株，枞七株，白俞、㮅杜、㮅桂、蜀漆树十株，栝十株，楔四株，枫四株。

余就上林令虞渊得朝臣所上草木名二千余种。邻人石琼就余求借，一皆遗弃。今以所记忆，列于篇右。

银树十株、槐六百四十株、千年长生树十株、万年长生树十株、扶老木十株、守宫槐十株、金明树二十株、摇风树十株、鸣风树十株、琉璃树七株、池离树十株、离娄树十株、楠树四株、枞树七株；白俞树、㮅杜树、㮅桂树、蜀漆树十株，栝树十株，楔树四株，枫树四株。

我从上林令虞渊那里得到了朝廷大臣们进献上来的花草果木名册，共有两千多种。后来我的邻居石琼向我借去看，结果全部都给弄丢了。现在我把我能够记得的种类名称，都列在上面。

常满灯　被中香炉

·原文·

长安巧工丁缓者，为常满灯，七龙五凤，杂以芙蓉莲藕之奇。又作卧褥香炉，一名被中香炉。本出房风，其法后绝，至缓始更为之。为机环转运四周，而炉体常平，可置之被褥，故以为名。又作九层博山香炉，镂为奇禽怪兽，穷诸灵异，皆自然运动。又作七轮扇，连七轮，大皆径丈，相连续，一人运之，满堂寒颤。

·译文·

长安有个技艺精巧的工匠叫丁缓，曾制成一种常满灯。灯上面雕有七条龙、五只凤凰，另外还混杂有荷花、莲藕等奇异的纹饰。又制成卧褥香炉，也叫作“被中香炉”。这种香炉本来是房风发明的，但后来制作方法失传了，直到丁缓的时候此技艺才又得以传承。香炉上装有一个机环，可以转动一圈，但炉身却平直不倒。因为香炉可以放在被褥之中，所以命名为“被中香炉”。丁缓又制作有九层的博山香炉，上面镂刻有各种奇禽怪兽，极尽奇异灵巧之能事，而且都可以自己转动。他还曾经制作过七轮扇，有七个轮子相连，每个轮子的直径大约有一丈，相互衔接，一个人转动这个扇子，扇出来的风可以让一个屋子的人都冷得颤抖。

飞燕昭仪赠遗之侈

注

·原文·

赵飞燕为皇后，其女弟在昭阳殿，遗飞燕书曰：“今日嘉辰，贵姊懋膺洪册，谨上襚三十五条，以陈踊跃之心：金华紫轮帽，金华紫轮面衣，织成上襦，织成下裳，五色文绶，鸳鸯襦，鸳鸯被，鸳鸯褥，金错绣裆，七宝綦履，五色文玉环，同心七宝钗，黄金步摇，合欢圆珰，琥珀枕，龟文枕，珊瑚玦，马脑彄，云母扇，孔雀扇，翠羽扇，九华扇，

·译文·

赵飞燕被册封为皇后，她妹妹在昭阳殿送给赵飞燕一封书信说：“今天是个美好的日子，尊贵的姐姐您喜获册封的册书，（妹妹我）恭谨献上礼物三十五件，以表我欢喜之情：饰有金花的紫色圆边帽（一顶），饰有金花的紫色丝织面衣（一件），锦做的短袄（一件），锦做的下衣（一件），五彩花纹的丝带（一条），绣有鸳鸯的短袄（一件），绣有鸳鸯的被子（一床），绣有鸳鸯的被褥（一床），错彩镂金的坎肩（一件），七彩丝织品制成的鞋（一双），有五彩花纹的玉环（一枚），做成同心纹饰并且用多种珠宝镶嵌的钗子（一支），黄金制成的步摇（一支），有合欢花纹饰的耳珠（一对），饰有琥珀的枕头（一个），有龟背纹的枕头（一个），珊瑚玦（一块），玛瑙彄环（一个），云母扇（一

五明扇，云母屏风，琉璃屏风，五层金博山香炉，回风扇，椰叶席，同心梅，含枝李，青木香，沈水香，香螺卮出南海，一名丹螺，九真雄麝香，七枝灯。”

柄），孔雀扇（一柄），翠羽扇（一柄），九华扇（一柄），五明扇（一柄），云母屏风（一座），琉璃屏风（一座），五层金制博山香炉（一个），回风扇（一柄），椰叶席（一张），同心梅，含枝李，青木香，沉水香，香螺卮（出自南海，又名丹螺），九真郡出产的雄麝香（一包），七枝灯（一盏）。”

宠擅后宫

·原文·

赵后体轻腰弱，善行步进退，女弟昭仪不能及也。但昭仪弱骨丰肌，尤工笑语。二人并色如红玉，为当时第一，皆擅宠后宫。

·译文·

赵飞燕体态轻盈，腰肢纤弱，舞步姿态优美，进退得体，（在这方面）她妹妹赵昭仪不及她。但赵昭仪体格娇弱，肌肤丰润，讲话微笑的表情尤其令人着迷。两人的姿色都像红玉一样，是当时姿色最美的女子，都是后宫中最受皇帝宠爱的妃子。

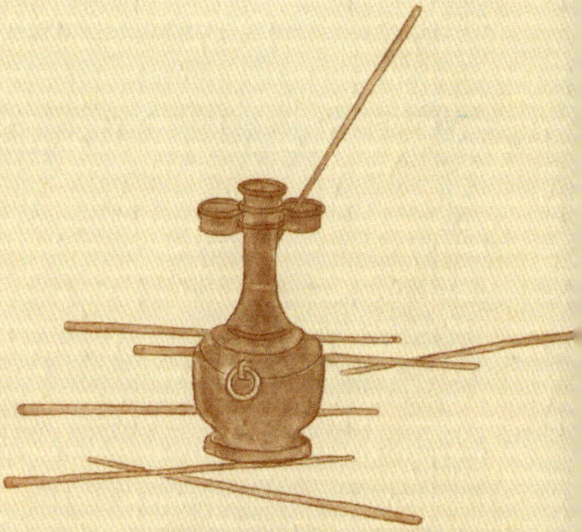

卷贰

画工弃市

·原文·

元帝后宫既多，不得常见，乃使画工图形，案图召幸之。诸宫人皆赂画工，多者十万，少者亦不减五万。独王嫱不肯，遂不得见。匈奴入朝，求美人为阏氏，于是上案图，以昭君行。及去，召见，貌为后宫第一，善应对，举止闲雅。帝悔之，而名籍已定，帝重信于外国，故不复更人。乃穷案其事，画工皆弃市，籍其家，资皆巨万。画工有杜陵毛延寿，为人形，丑好老少，必得其真。安陵陈敞，新丰刘白、龚宽，并工为牛马飞鸟众势，人形好丑，不逮延寿。下杜阳望，亦善画，尤善布色。樊育亦善布色。同日弃市。京师画工，于是差稀。

·译文·

汉元帝时期，后宫的嫔妃宫女已经很多了，元帝不能够每一个都召见，于是就让宫廷里的画师把她们的样貌画下来，然后根据人物样貌的美丑来召幸她们。诸多嫔妃宫女们为了能被召见，就争相贿赂画师，送给画师的财物，多的有十万钱，少的也不低于五万钱。只有王嫱（王昭君）不肯贿赂画师，因此她没有被召见过。后来，匈奴呼韩邪单于到长安来觐见皇帝，并且请求元帝赐一名美女作为他的王后。于是元帝就根据画像选了王昭君出塞和亲。等到王昭君临行前，元帝召见时，发现王昭君的容貌是后宫中最漂亮的，而且对答得体，行为举止也十分从容大方。元帝十分后悔，可是出嫁匈奴人的名册以及册封的诏书都写好了，

元帝看重与其他国家交往时的信用，就没有再更换人。王昭君走后，元帝让人彻查此事（发现了画工收受宫女们的贿赂），于是将这些画师都处以弃市的刑罚，抄没这些画师的家产，资产都不计其数。这些画工中有杜陵人毛延寿，善于画人物肖像，不论长相好坏，年龄大小，都画得十分逼真。安陵人陈敞，新丰人刘白、龚宽，擅长画牛马飞鸟等动物，也擅长画人物肖像，不过赶不上毛延寿。下杜的阳望也擅长绘画，尤其擅长给画着色。樊育也善于给画着色。这些人都在同一天被杀，弃尸于市。长安城中的画师，自此以后就开始稀少了。

方朔设计救乳母

原文

武帝欲杀乳母，乳母告急于东方朔，朔曰：“帝忍而愎，旁人言之，益死之速耳。汝临去，但屡顾我，我当设计以激之。”乳母如言，朔在帝侧曰：“汝宜速去，帝今已大，岂念汝乳哺时恩邪？”帝怆然，遂舍之。

译文

（汉武帝的乳母犯了罪）武帝要杀掉乳母，乳母赶紧向东方朔求救，东方朔说：“皇帝这个人性格残忍且又执拗，如果旁人贸然劝说他，只会令你死得更快。你在被押走受刑的时候，只要频频地回头望我就可以了。我将会安排巧妙的计策来使皇帝放了你。”乳母按照他的话做了。东方朔站在皇帝身边说道：“你赶紧走吧！皇上已经长大了，难道还会记得你当年哺育的恩德吗？”皇帝听了这话很难过，于是就把乳母放了。

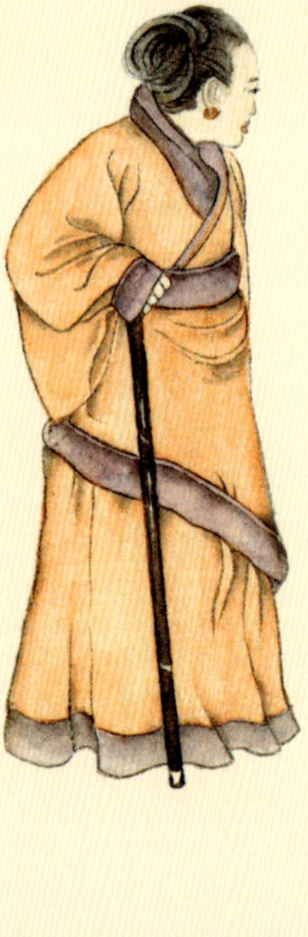

五侯鲭

·原文·

五侯不相能，宾客不得来往。娄护丰辩，传食五侯间，各得其欢心，竞致奇膳。护乃合以为鲭，世称五侯鲭，以为奇味焉。

·译文·

汉成帝的几个舅舅彼此间看不顺眼，各家门下的宾客也不得相互往来。娄护能言善辩，在五侯家转来转去混饭吃，却能赢得每位侯爷的欢心，五位侯爷也争着送来奇珍的美味。娄护就把这些菜放在一起煮，做成鲭。世人称为“五侯鲭”，视其为一道美味的菜肴。

公孙弘粟饭布被

·原文·

公孙弘起家徒步，为丞相，故人高贺从之。弘食以脱粟饭，覆以布被。贺怨曰："何用故人富贵为？脱粟布被，我自有之。"弘大惭，贺告人曰："公孙弘内服貂蝉，外衣麻枲，内厨五鼎，外膳一肴，岂可以示天下？"于是朝廷疑其矫焉。弘叹曰："宁逢恶宾，不逢故人。"

·译文·

公孙弘出身平民，后来当上了丞相，老朋友高贺跟从他。公孙弘给他吃脱粟饭，盖粗布缝制的被子。高贺埋怨道："老朋友富贵了又能怎么样呢？脱粟饭、布被子，我自己也有。"公孙弘听了十分惭愧。高贺告诉其他人说："公孙弘在家里穿十分华丽的衣服，在外面时却穿粗麻布做的衣服；在家里吃饭很奢侈，在外面吃饭却只吃一个菜。这样的人，怎么能做天下人的表率呢？"于是朝廷大臣都开始怀疑公孙弘虚伪做作。公孙弘叹息道："宁可遇到无理取闹的客人，也不愿意见到高贺这样的老朋友。"

文帝良马九乘

·原文·

文帝自代还，有良马九匹，皆天下之骏马也。一名浮云，一名赤电，一名绝群，一名逸骠，一名紫燕骝，一名绿螭骢，一名龙子，一名麟驹，一名绝尘，号为九逸。有来宣能御，代王号为王良，俱还代邸。

·译文·

汉文帝从代国回到京城（即位为帝）的时候，带着九匹良马，都是天下难得的骏马。一匹叫浮云，一匹叫赤电，一匹叫绝群，一匹叫逸骠，一匹叫紫燕骝，一匹叫绿螭骢，一匹叫龙子，一匹叫麟驹，一匹叫绝尘，一起被称为“九逸”。有个擅长驾驭骏马的人叫来宣，代王称他是“在世王良”，把他也带到了京城，一同暂住于代国在京城的府邸中。

武帝马饰之盛

· 原文 ·

武帝时，身毒国献连环羁，皆以白玉作之，马瑙石为勒，白光琉璃为鞍。鞍在暗室中，常照十余丈，如昼日。自是长安始盛饰鞍马，竞加雕镂。或一马之饰直百金，皆以南海白蜃为珂，紫金为华，以饰其上。犹以不鸣为患，或加以铃镊，饰以流苏，走则如撞钟磬，若飞幡葆。后得贰师天马，帝以玫瑰石为鞍，镂以金银鍮石，以绿地五色锦为蔽

· 译文 ·

汉武帝的时候，身毒国献上连环状的马笼头，都是用白玉做成。用玛瑙石做成马勒，马鞍则是用透明的白色琉璃制成的。这马鞍在黑暗的房间里往往也能照亮十余丈的地方，好像白昼一样。从此以后，长安开始流行马笼头和马鞍的华丽装饰，人们争着雕镂马笼头和马鞍。当时有的马身上的饰物竟然高达百金，都是以南海白蜃做玉珂（马笼头上的装饰），并且点缀着紫金做的花朵。即使这样装饰了，还嫌这些饰品不能发

泥，后稍以熊罴皮为之。熊罴毛有绿光，皆长二尺者，直百金。卓王孙有百余双，诏使献二十枚。

出声音，于是有人又加上铃铛，系上彩色的丝带，这样马走起来声音就像敲击钟磬一样悦耳，像车盖上的彩旗一样迎风招展。后来得到贰师将军李广利进献来的天马，汉武帝用玫瑰石做成马鞍，在上面用金银黄铜等镶嵌成图案，用底为绿色的五彩锦缎制成垂于马腹两侧的障泥，后来又逐渐用棕熊皮制作障泥。棕熊皮散发着绿光，上面的毛都有二尺多长，每张都价值百金。蜀郡的大富豪卓王孙有一百多张，皇帝下诏让他进献二十张。

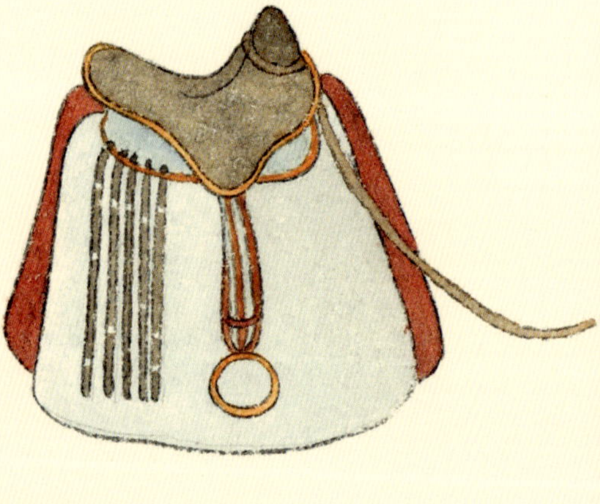

茂陵宝剑

·原文·

昭帝时，茂陵家人献宝剑，上铭曰：直千金，寿万岁。

·译文·

汉昭帝的时候，看守武帝茂陵的宫人献上一把宝剑，上面刻有铭文：直千金，寿万岁。

相如死渴

·原文·

司马相如初与卓文君还成都，居贫愁懑，以所着鹔鹴裘就市人阳昌贳酒，与文君为欢。既而，文君抱颈而泣曰：“我平生富足，今乃以衣裘贳酒！”遂相与谋，于成都卖酒。相如亲著犊鼻裈涤器，以耻王孙。王孙果以为病，乃厚给文君，文君遂为富人。文君姣好，眉色如望远山，脸际常若芙蓉，肌肤柔滑如脂，十七而寡，为人放诞风流，故悦长卿之才而越礼焉。长卿素有消渴疾，及还成都，悦文君之色，遂以发痼疾。乃作《美人赋》，欲以自刺，而终不能改，卒以此疾至死。文君为诔，传于世。

·译文·

司马相如刚开始与卓文君（一起私奔）从临邛回到成都的时候，生活十分贫困，为此苦闷烦恼，把身上穿的鹔鹴裘拿到市场上抵押给阳昌换酒喝，跟卓文君一起借酒消愁。喝过酒，文君抱着脖子痛哭道：“我一直过着富足的生活，衣食无忧，（想不到）今天竟沦落到用衣裘来换酒喝的地步！”于是就和司马相如商量在成都开酒馆卖酒。司马相如亲自穿着短围裙洗刷碗碟，想让卓王孙感到难堪。卓王孙果然认为二人卖酒是他的耻辱，于是就赠给卓文君丰厚的财物，文君一下子就成了有钱人。卓文君的面容姣好，眉毛的颜色好像是眼睛遥望远处看见的小山的颜色，两颊好像是盛开的荷花，皮肤光滑如凝脂。她十七岁就当了

寡妇，言行不受礼法的拘束，所以会因爱上了司马相如的才华而与他私奔。司马相如一直有消渴病（高血糖等）的老毛病，等到回到成都，又因为贪恋卓文君的美貌而旧病复发。于是司马相如就撰写了《美人赋》来规劝自己，但终究也没有改掉对卓文君的迷恋，最后死于这种病。卓文君为他撰写了诔文，流传后世。

作新丰移旧社

·原文·

太上皇徙长安，居深宫，凄怆不乐。高祖窃因左右问其故，以平生所好，皆屠贩少年，酤酒卖饼，斗鸡蹴踘，以此为欢，今皆无此，故以不乐。高祖乃作新丰，移诸故人实之，太上皇乃悦。故新丰多无赖，无衣冠子弟故也。高祖少时，常祭枌榆之社。及移新丰，亦还立焉。高帝既作新丰，并移旧社，衢巷栋宇，物色惟旧。士女老幼，相携路首，各知其室。放犬羊鸡鸭于通涂，亦竞识其家。其匠人胡宽所营也。移者皆悦其似而德之，故竞加赏赠，月余，致累百金。

·译文·

汉高祖刘邦的父亲迁居长安后，居住在深宫大院之中，却凄凉悲伤，闷闷不乐。汉高祖就私下里通过他身边的人打听是什么原因。原来是因为太上皇生平所喜欢结交的都是些出身低贱的少年、卖酒卖饼的市井之人，与他们一起斗鸡蹴鞠，以此为乐。但是现在这些全没有了，所以郁郁寡欢。于是高祖就营造新丰城，迁移老家丰邑的居民来此居住，太上皇这才高兴起来。所以新丰城有很多没有文化的无赖子弟，就是因为此地没有官宦人家的缘故。高祖年轻的时候，常常主持祭祀枌榆乡的土地神。等到丰邑百姓迁移到新丰城的时候，土地庙还立在这里。高祖营建好新丰城后，又将旧的舍庙迁移到这里，新丰的街道以及两旁的房屋、风景和以前一样。丰邑的男女老少，相互搀扶着来到新丰城的时候，站在路口，能够立刻认出自己家的房屋。把狗、羊、鸡、鸭等放到大路上，它们竟然也能够立刻找到自己的家。这都是匠人胡宽主持修造的。迁移过来的人都因为喜欢新丰城与丰邑十分相似而感激他，所以竞相给他赏赐馈赠。一个多月以后，胡宽接受的馈赠竟然累计达到百金。

陵寝风帘

·原文·

汉诸陵寝，皆以竹为帘，帘皆为水纹及龙凤之像。昭阳殿织珠为帘，风至则鸣，如珩佩之声。

·译文·

汉朝历代皇帝陵墓的寝庙中都使用竹子做的门帘。帘子上都雕刻着水纹和龙凤的图像。昭阳殿用珠子串联起来织成门帘，风一吹就会发出声响，如同佩玉摇动撞击的声音。

扬雄梦凤作《太玄》

· 原文 ·

扬雄读书，有人语之曰：“无为自苦，玄故难传。”忽然不见。雄著《太玄经》，梦吐凤凰，集《玄》之上，顷而灭。

· 译文 ·

扬雄正在读书的时候，听到有人对他说：“不要自讨苦吃了，《太玄经》本来就很难流传下去。”说完就忽然不见了。扬雄写作《太玄经》的时候，梦到口中吐出凤凰，凤凰落在《太玄经》上，过一会儿就没有了。

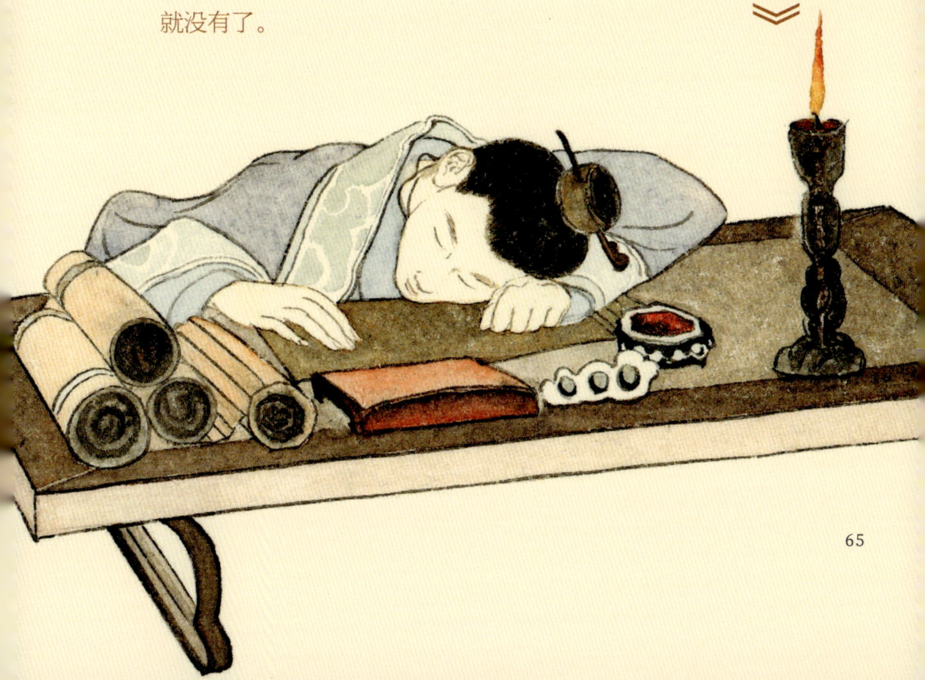

百日成赋

·原文·

司马相如为《上林》《子虚》赋，意思萧散，不复与外事相关，控引天地，错综古今，忽然如睡，焕然而兴，几百日而后成。其友人盛览，字长通，牂牁名士，尝问以作赋。相如曰：“合綦组以成文，列锦绣而为质，一经一纬，一宫一商，此赋之迹也。赋家之心，苞括宇宙，总览人物，斯乃得之于内，不可得而传。”览乃作《合组歌》《列锦赋》而退，终身不复敢言作赋之心矣。

·译文·

司马相如撰写《上林赋》《子虚赋》的时候，文意潇洒无拘束，为避免干扰，不再和外界发生联系。他纵横天地间，铺叙古今人事，时而精神恍惚，好像要睡着一样，时而精神焕发，又起来接着写，接近百天后才写成。他有一个朋友叫盛览，字长通，是牂牁郡的名士，曾向司马相如请教写赋的窍门。司马相如说：“以丝带般华丽的辞藻组成赋的文采，以锦绣般精妙的构思作为赋的内容，纵横交错，宫商交织，这就是写赋的技巧。写赋的人内心应该囊括宇宙，总览世间万物，这是内心所体会出来的，只可意会不可言传。”盛览听了之后，就写了《合组歌》《列锦赋》，然后回去，自此以后再也不敢谈创作赋的想法了。

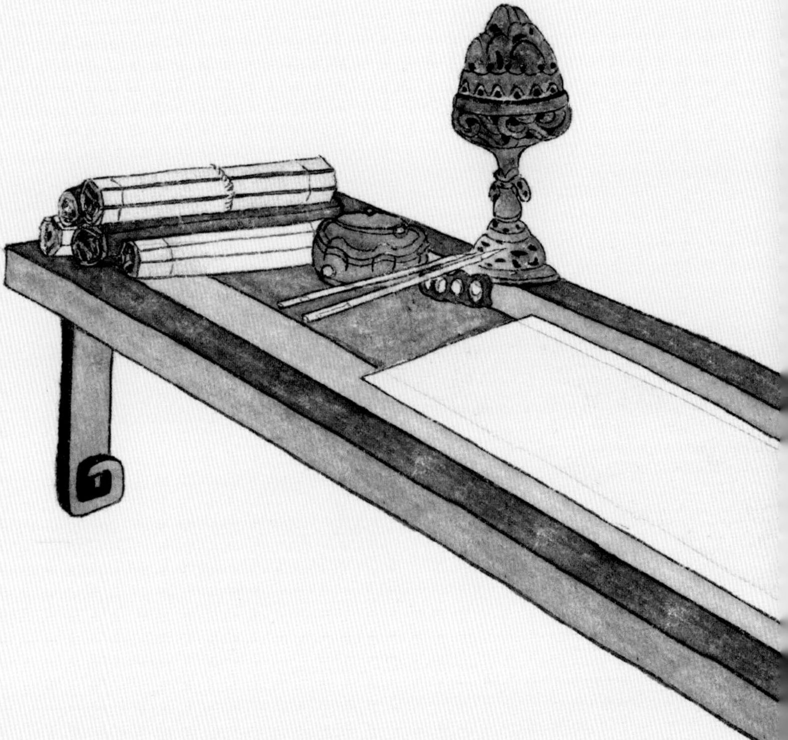

仲舒梦龙作《繁露》

·原文·

董仲舒梦蛟龙入怀，乃作《春秋繁露》词。

·译文·

董仲舒梦到蛟龙飞入他的怀里，于是就写成了《春秋繁露》这本书。

读千赋乃能作赋

原文

或问扬雄为赋，雄曰："读千首赋，乃能为之。"

译文

有人问扬雄创作赋的方法，扬雄说："读一千篇赋，就会写赋了。"

闻《诗》解颐

·原文·

匡衡字稚圭，勤学而无烛。邻舍有烛而不逮，衡乃穿壁引其光，以书映光而读之。邑人大姓文不识，家富多书，衡乃与其佣作，而不求偿。主人怪，问衡，衡曰："愿得主人书遍读之。"主人感叹，资给以书，遂成大学。衡能说《诗》，时人为之语曰："无说《诗》，匡鼎来。匡说《诗》，解人颐。"鼎，衡小名也。时人畏服之如是，闻者皆解颐欢笑。衡邑人有言《诗》者，衡从之，与语质疑，邑人挫服，倒屣而去。衡追

·译文·

匡衡，字稚圭，学习十分刻苦，但晚上学习却没有烛火。邻家点着蜡烛照不到匡衡家，匡衡就凿穿了两家之间的墙壁，让烛光投过来，映着烛光看书。同乡有一户大姓人家，不识文字，但家里的藏书却很多。于是匡衡到他们家当佣工，却不要什么报酬。这家的主人很奇怪，问匡衡原因。匡衡说："希望能够借到您的藏书，通读一遍。"这家主人十分感慨，就把书提供给他阅读。匡衡最终成了一位有名的大学问家。匡鼎善于解说《诗经》，当时的人有言："无说《诗》，匡鼎来。匡说《诗》，解人颐。"鼎，是匡衡的小名。当时的人都像这样敬畏佩服他，听他解说《诗经》的人都开颜欢笑。匡衡同乡也有一个讲解《诗经》的人，匡衡跟随他，与他谈论《诗经》，并且提

之，曰："先生留听，更理前论。"邑人曰："穷矣。"遂去不反。

出自己的疑问。同乡人被匡衡挫败折服了，站起来倒穿着鞋就慌张地走了。匡衡追上他，说："先生您请留步，咱们接着之前的讨论。"同乡人说："我已经理屈词穷了。"于是就走了，再也没有回来。

惠生叹息

·原文·

长安有儒生曰惠庄，闻朱云折五鹿充宗之角，乃叹息曰：“茧栗犊反能尔邪！吾终耻溺死沟中。”遂裹粮从云。云与言，庄不能对，逡巡而去，拊心谓人曰：“吾口不能剧谈，此中多有。”

·译文·

长安城有个儒生叫惠庄，听说朱云与五鹿充辩论胜了，于是就叹息说：“出生的小牛犊反而能够做到这些！我终究耻于一事无成。”于是就携带着粮食出发去拜朱云为师。朱云与他谈论，惠庄不能回答，迟疑徘徊了好久才离去。他拍着胸口对人说：“我的嘴虽然不能流畅地谈吐，但是我这里（胸中）的学问多着呢！”

搔头用玉

·原文·

武帝过李夫人，就取玉簪搔头。自此后，宫人搔头皆用玉，玉价倍贵焉。

·译文·

武帝去探访李夫人，取下她头上的玉簪子挠头。从此以后，宫女们挠头都用玉簪，于是玉石的价格就成倍上涨了。

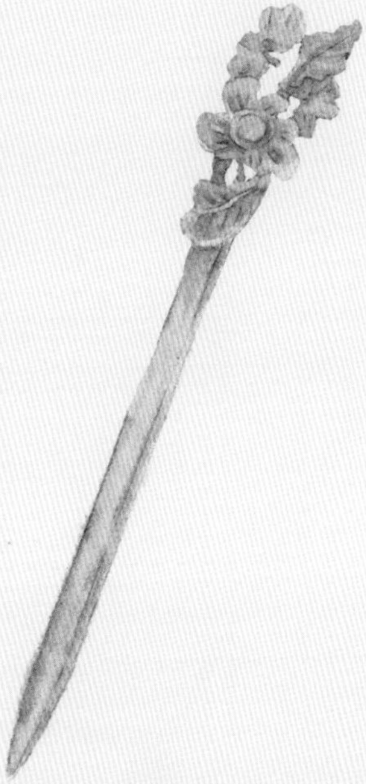

精弈棋裨圣教

原文

杜陵杜夫子善弈棋，为天下第一人。或讥其费日，夫子曰："精其理者，足以大裨圣教。"

译文

杜陵县的杜夫子擅长对弈围棋，棋艺为当时全国第一。有人讥笑他说下棋浪费时日，杜夫子回答说："如果能够精通围棋道理，完全可以助益于圣人的教化。"

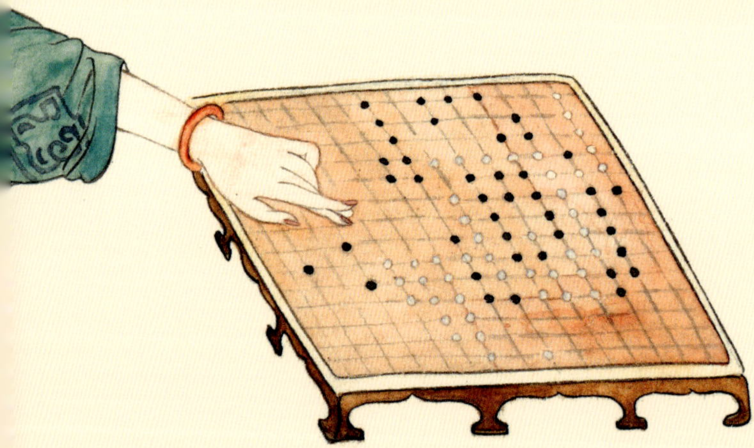

弹棋代蹴鞠

·原文·

成帝好蹴踘，群臣以蹴踘为劳体，非至尊所宜。帝曰："朕好之，可择似而不劳者奏之。"家君作弹棋以献，帝大悦，赐青羔裘、紫丝履，服以朝觐。

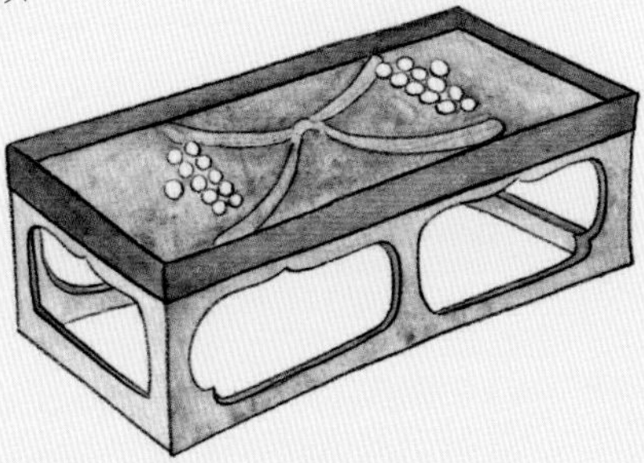

·译文·

成帝喜欢蹴鞠，大臣们认为蹴鞠会使身体劳累，并不适合皇上。成帝说："我喜欢这项活动，你们可以选择一项相似而又不伤身体的活动汇报给我。"我父亲创作了弹棋这种游戏献给皇帝。成帝很高兴，赐给我父亲黑羊羔皮和紫色的丝鞋，让他穿着上朝。

原文

元封二年，大寒，雪深五尺，野鸟兽皆死，牛马皆蜷蹜如蝟，三辅人民冻死者十有二三。

译文

元封二年（前109），天气十分寒冷，积雪有五尺深，野地里的鸟兽都冻死了，牛马也蜷缩起来好像刺猬一样，三辅地区的百姓有十分之二至十分之三的人冻死了。

雪深五尺

四宝宫

原文

武帝为七宝床，杂宝桉，厕宝屏风，列宝帐，设于桂宫，时人谓之四宝宫。

译文

汉武帝让人制作了七宝床、杂宝桉、厕宝屏风、列宝帐，陈设在桂宫中，于是当时人们就称桂宫为“四宝宫”。

河决龙蛇喷沫

·原文·

瓠子河决，有蛟龙从九子自决中逆上入河，喷沫流波数十里。

·译文·

在瓠子河决口的时候，有一条蛟龙，后面跟着九条小龙，从决口的地方逆流而上，进入黄河，喷出的水沫激荡出波浪，有数十里远。

百日雨

原文

文帝初，多雨，积霖至百日而止。

译文

文帝初年，天经常下雨，有一次阴雨连绵下了一百天才止。

五日子欲不举

· 原文 ·

王凤以五月五日生，其父欲不举，曰：“俗谚：‘举五日子，长及户则自害，不则害其父母。’”其叔父曰：“昔田文以此日生，其父婴敕其母曰：‘勿举。’其母窃举之。后为孟尝君，号其母为薛公大家。以古事推之，非不祥也。”遂举之。

· 译文 ·

王凤因为在五月初五出生，他父亲认为不吉利不想抚养他，说：“俗话说：‘抚养五月初五生下的孩子，等他长到房门一样高的时候就会危害自己，否则就会危害他的父母。’”王凤的叔父则说：“从前田文也是在这一天出生的，他的父亲田婴告诫他的母亲说：‘不要养他。’但他母亲私下把田文抚养成人。后来田文成了孟尝君，尊称他的母亲为‘薛公大家’。根据古时候的事情来推测，这并不是不祥的事情。”于是他父亲决定抚养王凤。

雷火燃木得蛟龙骨

原文

惠帝七年夏，雷震南山。大木数千株，皆火燃至末。其下数十亩地，草皆焦黄。其后百许日，家人就其间得龙骨一具，鲛骨二具。

译文

惠帝七年（前 188）的夏天，雷电击中了终南山。数千株大树都被火烧得直到树梢。树底下几十亩地的草都被烧得焦黄。一百多天后，有一个僮仆在草丛中捡到龙的骨架一副，鲛的骨架两副。

酒脯之应

·原文·

高祖为泗水亭长，送徒骊山，将与故人诀去。徒卒赠高祖酒二壶，鹿肝、牛肝各一。高祖与乐从者饮酒食肉而去。后即帝位，朝晡尚食，常具此二炙，并酒二壶。

·译文·

汉高祖刘邦担任泗水亭长时，押送服劳役的人到骊山去，将要与老朋友们话别之时，役卒赠送给高祖两壶酒，鹿肝、牛肝各一份。高祖和乐意跟随他的人一起喝完酒吃完肉才走。后来高祖称帝，宫人早晚给他进膳时，都会准备这两样菜，并且备两壶酒。

梁孝王宫囿

·原文·

梁孝王好营宫室苑囿之乐，作曜华之宫，筑兔园。园中有百灵山，山有肤寸石、落猿岩、栖龙岫。又有雁池，池间有鹤洲凫渚。其诸宫观相连，延亘数十里，奇果异树，瑰禽怪兽毕备。王日与宫人宾客弋钓其中。

·译文·

梁孝王喜欢营造宫殿苑囿，以此获得乐趣。他营造曜华宫，修建兔园。兔园中有座百灵山，山上有肤寸石、落猿岩、栖龙岫等景物。园中还有雁池，池子中间有鹤和野鸭等禽鸟栖息的小岛。园中的宫殿楼阁绵延相连，长达几十里，珍奇的果木花草，稀有的飞禽走兽，都集中在这里。梁孝王和嫔妃宫女及其宾客经常在园中垂钓射猎。

鲁恭王禽斗

原文

鲁恭王好斗鸡鸭及鹅雁，养孔雀、䴔䴖，俸谷一年费二千石。

译文

鲁恭王喜好斗鸡、斗鸭、斗鹅、斗雁，而且养了许多的孔雀和䴔䴖，每年饲养这些禽鸟耗费的粮食都有两千石。

流黄簟

原文

会稽岁时献竹簟供御，世号为流黄簟。

译文

会稽郡每年到一定季节时就要献上当地所产的竹席供给皇家使用，世人根据这种席子的颜色称它为“流黄簟”。

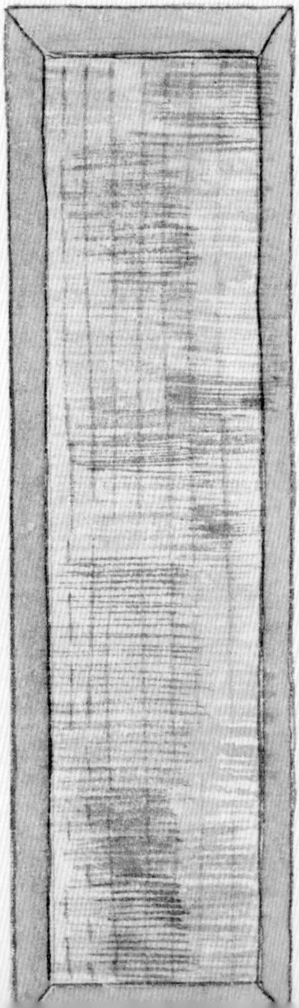

买臣假归

·原文·

朱买臣为会稽太守，怀章绶还至舍亭，而国人未知也。所知钱勃，见其暴露，乃劳之曰：“得无罢乎？”遗与纨扇。买臣至郡，引为上客，寻迁为掾史。

·译文·

朱买臣被任命为会稽太守之后，怀揣着太守印等信物回到会稽郡设在京城的官舍驿亭。这个时候，朱买臣被任命为会稽太守的信息还没有传播开来。只有钱勃平时和他关系不错，钱勃看到他出现在官舍驿亭这种条件很差的地方，就慰劳他说：“你是不是很累啊？”并送给他一把细绢制成的圆扇。朱买臣很感激他，上任以后，就把钱勃奉为座上宾，不久以后又将他提拔为太守的属官。

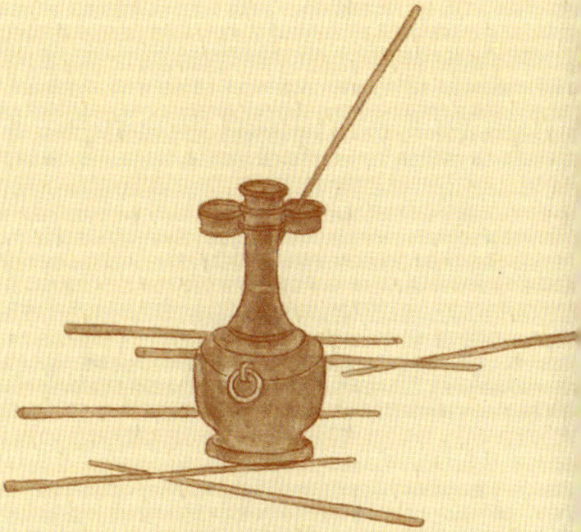

卷叁

纂术制蛇御虎

·原文·

余所知有鞠道龙善为幻术，向余说古时事：有东海人黄公，少时为术，能制龙御虎，佩赤金刀，以绛缯束发，立兴云雾，坐成山河。及衰老，气力羸惫，饮酒过度，不能复行其术。秦末，有白虎见于东海，黄公乃以赤刀往厌之。术既不行，遂为虎所杀。三辅人俗用以为戏，汉帝亦取以为角抵之戏焉。

·译文·

我所熟知的人里有一个叫鞠道龙的，擅长幻化的法术。他曾向我叙说过一段古时候的事：东海郡有一个叫黄公的人，年轻时学习法术，能够制服巨龙和猛虎。身上佩戴着赤铜锻造的刀，用深红色的丝带扎着头发，起卧之间就能变出云雾和山河。等到他年老的时候，气力衰竭，再加上饮酒过度，无法再完成这样的法术了。秦朝末年，东海郡出现了一只白虎，黄公就佩戴着自己的铜刀前去，准备制服它。由于法术没有成功，他最终也被白虎吃掉了。三辅地区的民间习俗中有根据这件事编成的小戏，汉代皇帝也拿这件事作为角抵戏的题材。

淮南与方士俱去

原文

又说：淮南王好方士，方士皆以术见，遂有画地成江河，撮土为山岩，嘘吸为寒暑，喷嗽为雨雾。王亦卒与诸方士俱去。

译文

（鞠道龙）又对我说：淮南王刘安喜好方士，方士都要凭借自己的法术才能求见他。于是就有许多方士出现，有在地上划一条线就变成江河的；堆一堆土就变成山峰的；呼吸之间就能变换寒暑的；喷嚏咳嗽就能起雾下雨的。淮南王最终也和这些方士一起成仙飞升而去。

扬子云载輶轩作《方言》

·原文·

扬子云好事，常怀铅提椠，从诸计吏，访殊方绝域四方之语，以为裨补《輶轩》所载，亦洪意也。

·译文·

扬雄喜欢给自己找事情做，常常怀揣着铅粉笔和木简，拜访郡国进京汇报工作的官吏，向他们调查全国各地的方言土语，以此来增补所著《輶轩》（全称《輶轩使者绝代语释别国方言》）中的材料。这样也扩大了该书的意义。

邓通钱文侔天子

·原文·

文帝时，邓通得赐蜀铜山，听得铸钱文字肉好皆与天子钱同，故富侔人主。时吴王亦有铜山铸钱，故有吴钱微重，文字肉好与汉钱不异。

·译文·

汉文帝的时候，赏赐给邓通蜀郡严道县的铜山，并听任他私自铸造铜钱。邓通铸造的铜钱，钱币上的文字以及圆边方孔，和皇帝铸造的钱币一模一样，所以他的财富几乎与皇帝不相上下。当时吴王刘濞也有铜山可以铸币，所以市面上也有吴钱。吴钱比皇帝铸造的钱稍微重一些，但钱币上的文字和圆边方孔与汉朝廷铸造的铜钱没有什么差别。

俭葬反奢

· 原文 ·

杨贵字王孙，京兆人也。生时厚自奉养，死卒裸葬于终南山。其子孙掘土凿石，深七尺而下尸，上复盖之以石，欲俭而反奢也。

· 译文 ·

杨贵，字王孙，是京兆尹人。他活着的时候生活得很优裕，死后最终裸葬在终南山上。他的子孙们在终南山上挖土凿石，挖了七尺深才把尸体安葬下去，再用石块把尸体覆盖，这真是想要节俭反而更浪费了。

介子弃觚

·原文·

傅介子年十四，好学书，尝弃觚而叹曰："大丈夫当立功绝域，何能坐事散儒！"后卒斩匈奴使者，还拜中郎。复斩楼兰王首，封义阳侯。

·译文·

傅介子十四岁的时候，喜好学习写字，曾经放弃学习书写的木简，感慨地说："大丈夫应该在边疆地区建功立业，怎么能在这儿当一个闲散平庸的儒生呢？"后来他斩杀了匈奴的使者，回到汉朝后官拜中郎。此后他又砍下楼兰王的首级，被封为义阳侯。

曹敞收葬

·原文·

余少时，闻平陵曹敞在吴章门下，往往好斥人过，以为轻薄，世人皆以为然。章后为王莽所杀，人无有敢收葬者，弟子皆更易姓名，以从他师。敞时为司徒掾，独称吴章弟子，收葬其尸，方知亮直者不见容于冗辈中矣。平陵人生为立碑于吴章墓侧，在龙首山南幕岭上。

·译文·

我年轻的时候，听说平陵人曹敞在吴章门下学习，常常喜欢斥责别人的过失。有人以为他为人轻薄，当时人都认同这个评价。吴章后来被王莽杀害，没有人敢帮他下葬，他的弟子也纷纷改换名姓，改投到他人门下。曹敞这时担任司徒府的属官，唯有他自称是吴章的弟子，为吴章收葬。通过此事人们才知道忠正耿直的人是不被平凡庸碌的人所容忍的。平陵人在曹敞活着的时候就在吴章的墓旁为他立了一块碑，此碑就在龙首山的南岭上。

文帝思贤苑

·原文·

文帝为太子立思贤苑以招宾客。苑中有堂隍六所。客馆皆广庑高轩，屏风帏褥甚丽。

·译文·

文帝为太子刘启建造了一座思贤苑来招纳宾客。苑中有六座高大的殿堂。宾客居住的馆舍都高大宽敞，气势非凡，里面的屏风、帷帐、被褥等也都很华丽。

广陵死力

· 原文 ·

广陵王胥有勇力，常于别囿学格熊。后遂能空手搏之，莫不绝脰。后为兽所伤，陷脑而死。

· 译文 ·

广陵王刘胥勇武有力，常常在苑囿中学习与熊格斗。后来终于能够空手与熊搏斗，每次都能将熊的脖颈拧断。刘胥后来在与野兽搏斗时受伤，因脑袋被击碎而死亡。

辨《尔雅》

·原文·

郭威字文伟，茂陵人也。好读书，以谓《尔雅》周公所制，而《尔雅》有“张仲孝友”，张仲，宣王时人，非周公之制明矣。余尝以问扬子云，子云曰：“孔子门徒游、夏之俦所记，以解释六艺者也。”家君以为《外戚传》称“史佚教其子以《尔雅》。《尔雅》，小学也”。又记言：“孔子教鲁哀公学《尔雅》。”《尔雅》之出远矣。旧传学者，皆云周公所记也，“张仲孝友”之类，后人所足耳。

·译文·

郭威，字文伟，是茂陵县人。他喜欢读书，认为人们说《尔雅》是周公所著，《尔雅》有“张仲孝友”的句子，而张仲是周宣王时候的人，所以《尔雅》不是周公写的，这是很显然的事。我曾经拿这件事问扬雄，他回答说：“这是孔子的门徒子游、子夏这些人所记，用以解释六经的。”我父亲认为《外戚传》说“史佚用《尔雅》来教导他的儿子，《尔雅》是文字训诂学”。《大戴礼记》上面说：“孔子教鲁哀公学习《尔雅》。”可见《尔雅》这本书很早就有了。以前那些传授儒家经书的人都认为《尔雅》是周公所作，“张仲孝友”这类文字，是后人添补的。

袁广汉园林之侈

原文

茂陵富人袁广汉，藏镪巨万，家僮八九百人。于北邙山下筑园，东西四里，南北五里，激流水注其内。构石为山，高十余丈，连延数里。养白鹦鹉、紫鸳鸯、牦牛、青兕，奇兽怪禽，委积其间。积沙为洲屿，激水为波潮，其中致江鸥海鹤，孕雏产鷇，延漫林池。奇树异草，靡不具植。屋皆徘徊连属，重阁修廊，行之，移晷不能遍也。广汉后有罪诛，没入为官园，鸟兽草木，皆移植上林苑中。

译文

茂陵县有个富人叫袁广汉，家财不计其数，有僮仆八九百人。他在北邙山下修筑了一处园林。园林东西四里宽，南北有五里长，并且拦挡流水，把它引到园子里去。园内架石为山，有十几丈高，绵延好几里地。园子里还饲养有白鹦鹉、紫鸳鸯、牦牛、青兕等，各种珍贵的飞禽走兽都聚集在这里。又用泥沙在水中堆积成小沙洲，使水流激起波浪。园中招来了江鸥、海鹤等飞鸟，让它们在这里孵卵生子，繁衍生息，遍布整个园林。这里面奇花异草没有不种植的。园中房屋都回旋相连，阁楼和走廊重重叠叠，在里面行走很久还不能走完一圈。袁广汉后来因为有罪而被诛杀，这个园子也被收归官府所有，里面的鸟兽和草木都被移到上林苑中去了。

五柞宫石骐麟

原文

五柞宫有五柞树，皆连三抱，上枝荫覆数十亩。其宫西有青梧观，观前有三梧桐树。树下有石骐麟二枚，刊其胁为文字，是秦始皇郦山墓上物也。头高一丈三尺。东边者前左脚折，折处有赤如血，父老谓其有神，皆含血属筋焉。

译文

五柞宫有五棵柞树，都有三个人合抱那么粗，树顶上枝叶的阴影能够遮盖好几十亩地。五柞宫西边有一座青梧观，观前面有三棵梧桐树。树底下有两只石雕的麒麟，在麒麟的胸部两侧刻有文字，这是秦始皇骊山陵墓上的东西。麒麟头有一尺三丈高。东边那一只麒麟的左前脚断了，断裂处有暗红色像血一样的东西。当地的老百姓都说这两只麒麟有神灵，都是含血连筋的。

咸阳宫异物

·原文·

高祖初入咸阳宫，周行库府，金玉珍宝，不可称言。其尤惊异者，有青玉五枝灯，高七尺五寸。作蟠螭，以口衔灯，灯燃，鳞甲皆动，焕炳若列星而盈室焉。复铸铜人十二枚，坐皆高三尺，列在一筵上，琴筑笙竽，各有所执，皆缀花采，俨若生人。筵下有二铜管，上口高数尺，出筵后。其一管空，一管内有绳，大如指，使一人吹空管，一人纽绳，则众乐皆作，与真乐不异焉。有琴长六尺，安十三弦，二十六徽，皆用七宝饰之，铭曰“璠玙之乐”。玉管长二尺三寸，二十六孔，吹之则见车马山林，隐辚相次，吹息亦不复见，铭曰“昭

·译文·

汉高祖刘邦第一次进入咸阳宫，在宫中的库房里走了一圈，发现里面的奇珍异宝根本就无法用语言形容。其中最让人感到惊异的是一盏青玉五枝灯。这盏灯有七尺五寸高，下面做了一条盘曲的龙，龙嘴里衔着灯，灯点燃的时候，龙身的鳞甲都在颤动，闪闪发亮，好像很多星星挤在屋里。还铸造了十二个铜人，底座都有三尺高，一起围坐在一个筵席上，有琴、筑、笙、竽等乐器，每个人手中各拿一样。铜人身上也都点缀着彩色的花纹，神情庄重，好像活人一样。筵席下面有两支铜管，上面的口有好几尺高，一直延伸到筵席的后面。其中有一支管子是空的，另外一支管内有绳子，粗如手指，让一个人吹空管，一个人拉绳，各种乐器就一起吹奏起来，与真的乐器演奏没什么两样。有一把琴长约六尺，上面安着十三根弦，二十六枚琴

华之琯”。有方镜，广四尺，高五尺九寸，表里有明，人直来照之，影则倒见。以手扪心而来，则见肠胃五脏，历然无碍。人有疾病在内，则掩心而照之，则知病之所在。又女子有邪心，则胆张心动。秦始皇常以照宫人，胆张心动者则杀之。高祖悉封闭以待项羽，羽并将以东，后不知所在。

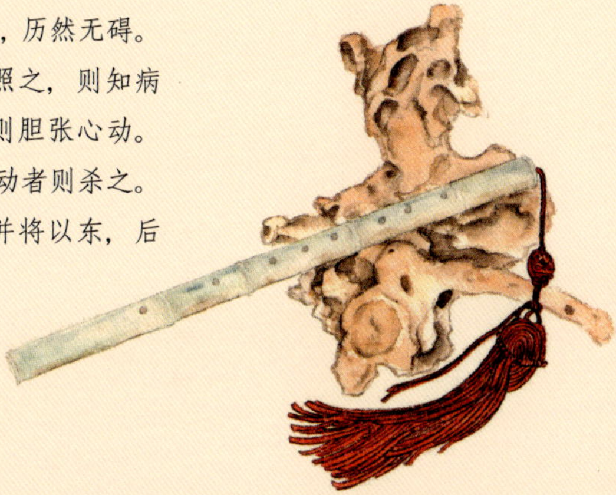

徽，用各种宝物装饰着，琴上面还刻有“璠玙之乐”四字。有一支玉管长二尺三寸，有二十六个孔，吹起玉管，仿佛能看见车马穿过山林，听到车马前后相接驶过的隐隐约约的声音。吹奏停止，这些景象也就看不见了。玉管上刻有“昭华之琯”四字。还有一枚方镜，宽四尺，高五尺九寸，里外透明，人对着镜子照，镜子里面的人影则是倒着的。用手抚摸着心脏来照，就能看见胃肠和五脏，没有遮挡，十分清晰。人体内如果有疾病，捂着心脏来照，就能知道病在哪里。另外，如果女子有坏心思，照了镜子就会胆张心动。秦始皇常常用这面镜子来照宫女，遇到胆张心动的就杀掉。高祖把这些宝物全都封藏起来等待项羽的到来，项羽把这些东西全部带到东方去了，后来不知下落。

鲛鱼荔枝

·原文·

尉陀献高祖鲛鱼、荔枝，高祖报以蒲桃锦四匹。

·译文·

南越王尉陀向汉高祖进献海鲨和荔枝，高祖回赠给他蒲桃锦四匹。

戚夫人侍儿言宫中乐事

·原文·

戚夫人侍儿贾佩兰，后出为扶风人段儒妻。说在宫内时，见戚夫人侍高帝，尝以赵王如意为言，而高祖思之，几半日不言，叹息凄怆，而未知其术，辄使夫人击筑，高祖歌《大风》诗以和之。又说在宫内时，尝以弦管歌舞相欢娱，竞为妖服，以趣良时。十月十五日，共入灵女庙，以豚黍乐神，吹笛击筑，歌《上灵》之曲。既而相与连臂踏地为节，歌《赤凤凰来》。至七月七日，临百子池，作于阗乐。乐毕，以五色缕相羁，谓为相

·译文·

戚夫人的侍女贾佩兰，出宫之后嫁给扶风人段儒做妻子。她说在宫里的时候，看见戚夫人侍奉汉高祖，曾经向高祖诉说赵王如意的事情，高祖在那里思考，但好半天都不说话，只是唉声叹气，神色凄切悲伤，却想不出什么好办法来，就让戚夫人击筑，自己唱《大风歌》来与筑声相应和。贾佩兰又说她在宫里的时候，曾经用弦管乐器伴奏歌舞来互相娱乐，大家竞相穿上艳丽的服装，来度过美好的时光。十月十五日，大家一起去灵女庙，用小猪、黍米酒祭神，吹笛击筑，唱《上灵》的曲子；然后又相互手拉着手，以脚踏地为节拍，唱《赤凤凰来》的歌曲。到了七月七日，大家又一起来到百子池边，演奏于阗的乐曲。演奏完之

连爱。八月四日，出雕房北户，竹下围棋，胜者终年有福，负者终年疾病，取丝缕，就北辰星求长命乃免。九月九日，佩茱萸，食蓬饵，饮菊华酒，令人长寿。菊华舒时，并采茎叶，杂黍米酿之，至来年九月九日始熟，就饮焉，故谓之菊华酒。正月上辰，出池边盥濯，食蓬饵，以祓妖邪。三月上巳，张乐于流水，如此终岁焉。戚夫人死，侍儿皆复为民妻也。

后，用五彩的丝线相互牵着，叫作“相连爱”。八月四日，从雕房北门出去，到竹林里下棋，获胜的人这一年都会有福气，输的人就会一年有病，但如果输的人取丝线向北极星祈求长命百岁则可幸免。九月九日重阳节，要佩戴茱萸，吃蓬蒿饼，喝菊花酒，这样会使人长寿。菊花开的时候，采摘它的茎和叶，掺杂着黍米一起酿酒，等到来年的九月九日酒才算酿好，这时才可以喝，所以称它为“菊花酒”。正月的第一个辰日，宫女们要到水池边洗手，洗去污垢，吃蓬蒿饼，然后举行仪式来驱邪除妖。三月的第一个巳日，要在流水边演奏音乐。宫女们就这样过完一年。戚夫人死后，她的侍女们都出宫嫁给平民为妻。

何武葬北邙

· 原文 ·

何武葬北邙山薄龙坂，王嘉冢东北一里。

· 译文 ·

何武死后葬在北邙山的薄龙坂上，离王嘉墓东北一里远的地方。

生作葬文

·原文·

杜子夏葬长安北四里，临终作文曰："魏郡杜邺，立志忠款，犬马未陈，奄先草露。骨肉归于后土，气魂无所不之。何必故丘，然后即化。封于长安北郭，此焉宴息。"及死，命刊石，埋于墓侧。墓前种松柏树五株，至今茂盛。

·译文·

杜子夏死后葬在长安城外向北四里远的地方。他临死前自己写了一篇墓志铭，说："魏郡杜邺，立志忠款，犬马未陈，奄先草露。骨肉归于后土，气魄无所不之。何必故丘，然后即化。封于长安北郭，此焉宴息。"（魏郡的杜邺，立志忠诚。尚未为国尽忠效力，就忽然先于草露而死。身体骨肉埋葬于土地之中，魂魄随处飞扬。死后何必归葬故乡呢？就把我埋在长安的北外城吧，我就在这里安息了。）等到他死的时候，就让人把这篇文字刻在石头上，埋在墓的一边。墓的前面种有五棵松柏，到现在还生长得很茂盛。

淮南《鸿烈》

·原文·

淮南王安著《鸿烈》二十一篇。鸿，大也。烈，明也。言大明礼教。号为淮南子，一曰刘安子。自云“字中皆挟风霜”，扬子云以为一出一入。

·译文·

淮南王刘安著有《鸿烈》二十一篇。鸿，广大的意思。烈，明亮的意思。取这个名字说明此书是弘扬并阐明礼教的。此书被称为《淮南子》，又叫《刘安子》。淮南王称“书中文字都带着严峻肃杀之气”。扬雄认为这两种说法与原书都不尽相符。

公孙子

·原文·

公孙弘著《公孙子》，言刑名事，亦谓字直百金。

·译文·

公孙弘著有《公孙子》，是讲述刑名之学的书，也有人称此书一字价值百金。

长卿赋有天才

·原文·

司马长卿赋，时人皆称典而丽，虽诗人之作，不能加也。扬子云曰：“长卿赋不似从人间来，其神化所至邪？”子云学相如为赋而弗逮，故雅服焉。

·译文·

司马相如创作的赋，当时的人都称赞它典雅而又艳丽，即使是诗人的作品，也不能超越它。扬雄说：“司马长卿的赋不像是人间产生出来的，难道是神灵化育出来的吗？”扬雄学司马相如写赋，却赶不上他，所以对司马相如极为佩服。

赋假相如

原文

长安有庆虬之，亦善为赋。尝为《清思赋》，时人不之贵也，乃托以相如所作，遂大见重于世。

译文

长安城中有个叫庆虬之的人，也善于创作赋。他曾经写过一篇《清思赋》，因为他没有名气，当时的人不怎么看重这篇赋，后来他假托这篇赋是司马相如创作的，《清思赋》就得到了当时人的推崇。

《大人赋》

· 原文 ·

相如将献赋，未知所为。梦一黄衣翁谓之曰："可为《大人赋》。"遂作《大人赋》，言神仙之事以献之。赐锦四匹。

· 译文 ·

司马相如想向皇帝进献自己创作的赋，但不知道写什么内容好。一天夜里梦到一个穿黄衣服的老翁对他说："可以创作《大人赋》。"于是他就写了《大人赋》，叙说关于神仙的事情，进献给汉武帝。汉武帝赏赐给他锦缎四匹。

《白头吟》

·原文·

相如将聘茂陵人女为妾，卓文君作《白头吟》以自绝，相如乃止。

·译文·

司马相如将要娶茂陵县一户人家的女儿为妾，卓文君就创作了一首《白头吟》，以此来表达自己与司马相如的决绝之心。司马相如看了此诗就没有再纳妾。

樊哙问瑞应

·原文·

樊将军哙问陆贾曰："自古人君皆云受命于天，云有瑞应，岂有是乎？"贾应之曰："有之。夫目瞤得酒食，灯火华得钱财。干鹊噪而行人至，蜘蛛集而百事喜。小既有征，大亦宜然。故目瞤则咒之，火华则拜之，干鹊噪则喂之，蜘蛛集则放之。况天下大宝，人君重位，非天命何以得之哉？瑞者，宝也，信也。天以宝为信，应人之德，故曰瑞应。无天命，无宝信，不可以力取也。"

·译文·

樊哙问陆贾说："自古以来，君主都说地位来自上天的安排，说有祥瑞的征兆，真有这回事吗？"陆贾回答说："有的。眼皮跳，就会有酒肉吃；灯花闪烁，就会获得钱财；喜鹊叽叽喳喳地叫，就表示有客人要到了；蜘蛛聚在一起，就表示诸事顺利。这些小事都有征兆，大的事情也应该是这样。所以，眼皮跳就祷告，灯花闪就拜谢，喜鹊叫就给它喂食，蜘蛛聚集在一起，就听之任之。何况帝位是天下最宝贵的东西，没有天命怎么能得到呢？祥瑞，就是宝物，就是凭据。上天用宝物作为信物，对应人的德行，所以称为瑞应。没有天命，没有宝物作为凭据，帝位不是凭借蛮力就能够得到的。"

·原文·

霍将军妻一产二子，疑所为兄弟。或曰：“前生为兄，后生者为弟。今虽俱日，亦宜以先生为兄。”或曰：“居上者宜为兄，居下宜为弟，居下者前生，今宜以前生为弟。”时霍光闻之，曰：“昔殷王祖甲一产二子，曰嚣，曰良。以卯日生嚣，以巳日生良，则以嚣为兄，以良为弟。若以在上者为兄，嚣亦当为弟。昔许釐庄公一产二女，曰妖，曰茂。楚大夫唐勒一产二子，一男一女，男曰贞夫，女曰琼华。皆以先生为长。近代郑昌时、文长蒨并生二男，滕公一生二女，李黎生一男一女，并以前生者为长。”霍氏亦以前生为兄焉。

·译文·

大将军霍光的妻子一胎生了两个儿子，搞不清楚哪个算是哥哥，哪个算是弟弟。有人说：“先生下来的是哥哥，后生下来的是弟弟。现在虽然他们都是同一天生下来的，也应当认为先生下来的是哥哥。”有人说：“在胎盘靠上面的应该是哥哥，在胎盘靠下面的应当是弟弟。在下面的先生下来，现在应当以先生下来的为弟弟。”当时霍光听了这番话，说：“从前商王祖甲妻子一胎生了两个儿子，一个叫嚣，一个叫良。在卯日生下了嚣，在巳日生下了良，就认定嚣是哥哥，良是弟弟。如果认为在胎盘靠上面的是哥哥，那么嚣就应当是弟弟。从前许釐公（指许僖公的妻子）一胎生下两个女儿，一个叫作妖，一个叫作茂。楚国大夫唐勒妻子一胎生了两个孩子，一男一女，男的叫贞夫，女的叫琼华。他们都认为先生下来的是老大。近代郑昌时、文长蒨妻子都是一胎生了两个男孩，滕公夏侯婴妻子一胎生了两个女孩，李黎妻子一胎生了一男一女，都认为先生下来的是年长的。”霍光的妻子也就以先生下来的为哥哥。

霍妻双生

文章迟速

· 原文 ·

枚皋文章敏疾，长卿制作淹迟，皆尽一时之誉。而长卿首尾温丽，枚皋时有累句，故知疾行无善迹矣。扬子云曰："军旅之际，戎马之间，飞书驰檄，用枚皋；廊庙之下，朝廷之中，高文典册，用相如。"

· 译文 ·

枚皋写文章敏捷快速，司马相如写作却很迟缓，两人的文章在当时都得到很高的赞誉。然而司马相如文章的语气从头到尾都很平和，文辞也很华丽，而枚皋的文章却时常有一些多余重复的句子。由此可知，文章写得快就不能好好推敲了。扬雄说："在行军的时候，写作飞递的书信、驰送的檄文，要用枚皋；在庙堂之下，朝廷之中，写作诏令和制诰等文书时，则要用司马相如。"

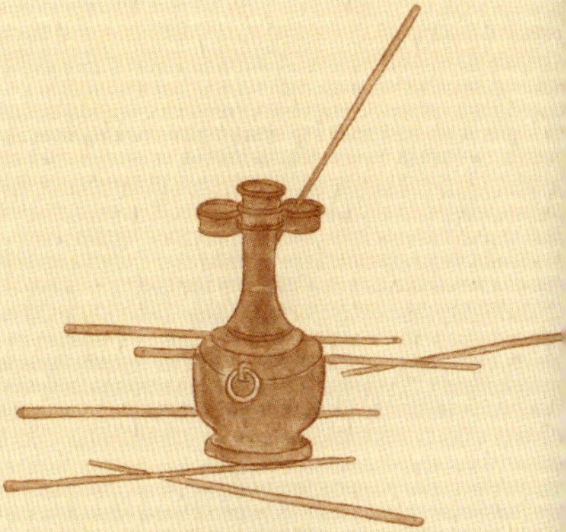

卷肆

真算知死

·原文·

安定嵩真、玄菟曹元理，并明算术，皆成帝时人。真尝自算其年寿七十三，真绥和元年正月二十五日晡时死，书其壁以记之。至二十四日晡时死。其妻曰："见真算时，长下一算，欲以告之，虑脱有旨，故不敢言，今果校一日。"真又曰："北邙青陇上孤槚之西四丈所，凿之入七尺，吾欲葬此地。"及真死，依言往掘，得古时空椁，即以葬焉。

·译文·

安定郡的嵩真和玄菟郡的曹元理，都精通占卜以推度吉凶之术，两个人都是成帝时期的人。嵩真曾经推算出自己的寿命是七十三岁，在汉成帝绥和元年（前8）正月二十五日申时去世，并且把自己推算出的结果写到墙壁上记载下来。到了绥和元年正月二十四日申时，嵩真死了。他的妻子说："当时嵩真推算自己寿命时，我看见他多下了一个算筹，本来想告诉他，又考虑到他有可能有其他的意思，就没敢说出来。现在看来，果然是相差了一天。"嵩真又推算说："北邙山青陇坡上孤槚树向西四丈的地方，向下挖七尺，我想葬在这个地方。"等到嵩真死后，人们按照他的话去挖那个地方，挖到了一具古时候的空外棺，于是就用这副外棺安葬了他。

曹算穷物

·原文·

元理尝从其友人陈广汉，广汉曰：“吾有二囷米，忘其石数，子为计之。”元理以食箸十余转，曰：“东囷七百四十九石二升七合。”又十余转，曰：“西囷六百九十七石八斗。”遂大署囷门。后出米，西囷六百九十七石七斗九升，中有一鼠，大堪一升；东囷不差圭合。元理后岁复过广汉，广汉以米数告之，元理以手击床曰：“遂不知鼠之殊米，不如剥面皮矣！”广汉为之取酒，鹿脯数片，元理复算，曰：“薯蔗二十五区，应收一千五百三十六枚。蹲鸱三十七亩，

·译文·

曹元理曾经去拜访他的朋友陈广汉，广汉说：“我有两囷米，忘记具体的石数了，请你帮我算算看。”曹元理用筷子转了十几转，说：“东面的那一囷有七百四十九石二升七合。”又转了十几转，说：“西面的那一囷有六百九十七石八斗。”于是就用大字把推算的数字题写在谷仓门上。后来米出仓时，西面的谷仓有六百九十七石七斗九升，当中还有一只老鼠，大概有一升那么重；东面粮仓的数字与曹元理推算的丝毫不差。曹元理第二年又来拜访陈广汉，陈广汉把两个粮仓的米数告诉他，他用手拍着床懊恼地说：“竟然没有把老鼠和米的区别

应收六百七十三石。千牛产二百犊，万鸡将五万雏。”羊豕鹅鸭，皆道其数，果蓏肴蔌，悉知其所，乃曰：“此资业之广，何供馈之偏邪？”广汉惭，曰：“有仓卒客，无仓卒主人。”元理曰：“俎上蒸肫一头，厨中荔枝一柈，皆可为设。”广汉再拜谢罪，自入取之，尽日为欢。其术后传南季，南季传项瑫，瑫传子陆，皆得其分数，而失玄妙焉。

算出来，真没有脸见人啦！”陈广汉为他拿来酒和几片干鹿肉准备招待他，曹元理又算了算，说：“你有甘蔗二十五片地，应该能收一千五百三十六棵；蹲鸱（大芋）三十七亩地，应该能收六百七十三石；一千头牛会产二百只小牛犊，一万只鸡会生养五万只小鸡。”羊猪鹅鸭，他都能说出具体数字，瓜果鱼肉以及蔬菜，他都知道在什么地方，算完之后才说：“这么大的一份产业，怎么招待朋友的食物却这么少呢？”陈广汉很惭愧地说：“有仓促而来的客人，却不该有仓促的主人。”曹元理说：“砧板上有一头蒸好的乳猪，橱柜中还有荔枝一盘，这些都可以摆上来。”广汉拜了两次来谢罪，又亲自去取这些食物，主客整日尽欢。曹元理的推算之术传给了南季，南季传给了项瑫，项瑫传给了他的儿子项陆，这些人都学到了推算的方法，但是却没有学到它精深奥妙之处。

因献命名

·原文·

卫将军青生子，或有献骗马者，乃命其子曰骗，字叔马。其后改为登，字叔昇。

·译文·

大将军卫青新得一子，正好有人献骗马，于是就给自己的儿子取名为骗，字叔马。后来又改名为登，字叔昇。

董贤宠遇过盛

·原文·

哀帝为董贤起大第于北阙下，重五殿，洞六门，柱壁皆画云气华花，山灵水怪，或衣以绨锦，或饰以金玉。南门三重，署曰南中门、南上门、南更门。东西各三门，随方面题署，亦如之。楼阁台榭，转相连注，山池玩好，穷尽雕丽。

·译文·

汉哀帝为董贤在北阙下修建了一座大宅邸，前后有五重殿宇，有六组两两相对的门。殿中柱子和墙壁上都画着云气花卉、山神水怪，有的用锦绣包着，有的用金银美玉装饰。宅院南边有三道门，分别题有“南中门”“南上门”“南更门”等字。东西两面各有三道门，根据方向来题写名字，和南边的门一样。宅邸中的楼阁亭台，互相连接，徘徊曲折，假山水池和其他各种赏玩的物品，都雕饰得极其华丽。

三馆待宾

· 原文 ·

平津侯自以布衣为宰相，乃开东阁，营客馆，以招天下之士。其一曰钦贤馆，以待大贤；次曰翘材馆，以待大才；次曰接士馆，以待国士。其有德任毗赞、佐理阴阳者，处钦贤之馆。其有才堪九列将军二千石者，居翘材之馆。其有一介之善，一方之艺，居接士之馆。而躬自菲薄，所得俸禄，以奉待之。

· 译文 ·

平津侯公孙弘出身布衣，当上宰相之后，就在东边开了个门，营建接待宾客的馆舍，用来招揽天下的贤能之人。第一所客馆叫作钦贤馆，用来接待最有贤德的人；第二所叫作翘材馆，用来接待最有才华的人；第三所叫作接士馆，用来接待才能足够担当一方之任的人。那些贤德能够辅佐君王或者能够协助治理国事的人，住在钦贤馆；那些才能足够担任九卿、将军以及两千石官秩的人，住在翘材馆；那些在某一方面有才华，能够胜任一方守卫之责的人，住在接士馆。但公孙弘自己花费却极为节省，所得的俸禄也全部都用来奉养招待这些宾客。

闽越鹇蜜

·原文·

闽越王献高帝石蜜五斛，蜜烛二百枚，白鹇、黑鹇各一双，高帝大悦，厚报遣其使。

·译文·

闽越王向高祖刘邦进献石蜜五斛，蜜烛二百根，白鹇、黑鹇各一对。高祖很高兴，在闽越王使者回去的时候赏赐给他很多东西。

滕公葬地

·原文·

滕公驾至东都门，马鸣，跼不肯前，以足跑地久之。滕公使士卒掘马所跑地，入三尺所，得石椁。滕公以烛照之，有铭焉。乃以水洗写其文，文字皆古异，左右莫能知。以问叔孙通，通曰："科斗书也。"以今文写之，曰："佳城郁郁，三千年见白日。吁嗟滕公居此室。"滕公曰："嗟乎，天也！吾死其即安此乎？"死遂葬焉。

·译文·

滕公夏侯婴的车驾走到东都门的时候，马一直鸣叫，弯着腿不肯前进，用蹄子在地上刨了很久。滕公就命令士兵挖开马蹄刨过的地方，挖到三尺深，得到了一个石棺。滕公用蜡烛照着看，发现上面还刻有文字。于是就用水冲洗上面的文字，文字很古怪，旁边的人没有认得的。拿去问叔孙通，叔孙通说："这是科斗文。"于是用当时通行的文字翻译出来，"佳城郁郁，三千年见白日。吁嗟滕公居此室。（这个地方好啊，幽暗寂静，经过三千年才能见到白日。滕公啊，就葬在这个墓室。）"滕公说道："哎呀，老天呐！我死后难道就葬在这个地方吗？"死后真的就葬在了这个地方。

韩嫣金弹

·原文·

韩嫣好弹，常以金为丸，所失者日有十余。长安为之语曰："苦饥寒，逐金丸。"京师儿童，每闻嫣出弹，辄随之，望丸之所落，辄拾焉。

·译文·

韩嫣喜欢玩弹弓，常常用金子做成弹丸，每天要丢掉十几颗金弹丸。长安人为此编了一个顺口溜："苦饥寒，逐金丸（苦于饥和寒，追捡金弹丸）。"长安城中的小孩子，每次一听说韩嫣要出来打弹弓，都跟随着他，看到金丸落下去的地方，就跑过去捡起来。

司马良史

· 原文 ·

司马迁发愤作《史记》百三十篇，先达称为良史之才。其以伯夷居列传之首，以为善而无报也；为《项羽本纪》，以踞高位者非关有德也。及其序屈原、贾谊，辞旨抑扬，悲而不伤，亦近代之伟才。

· 译文 ·

司马迁发愤写了《史记》一百三十篇，先辈称他是优秀的史官。他把伯夷放在列传第一篇来写，是因为伯夷人善却没有得到好报；他写《项羽本纪》，是因为占据很高地位的人，不一定有德行。还有他为屈原、贾谊二人立传，文章气势跌宕起伏，悲痛而不哀伤，也算是近代一个伟大的人才。

梁孝王忘忧馆时豪七赋

注

·原文·

梁孝王游于忘忧之馆，集诸游士，各使为赋。枚乘为《柳赋》，其辞曰：“忘忧之馆，垂条之木。枝逶迟而含紫，叶萋萋而吐绿。出入风云，去来羽族。既上下而好音，亦黄衣而绛足。蜩螗厉响，蜘蛛吐丝。阶草漠漠，白日迟迟。于嗟细柳，流乱轻丝。君王渊穆其度，御群英而玩之。小臣瞽聩，与此陈词。于嗟乐兮！于是樽盈缥玉之酒，爵献金浆之醪。梁人作薯蔗酒，名金浆。庶羞千族，盈满六庖。弱丝清管，与风霜而共雕。铨镍啾唧，萧条寂寥。俊乂英旄，列襟联袍。小臣莫效于鸿毛，空衔鲜而嗽醪。

·译文·

梁孝王到忘忧之馆游玩的时候，召集宾客，让他们各自写一篇赋。枚乘创作了《柳赋》，文辞是：在那忘忧馆里，有一株枝条飘垂的柳树。树枝弯曲而带有一些紫色，树叶茂盛而显示出翠绿的颜色。微风在树枝间进出穿行，小鸟在树叶间飞来飞去。群鸟在林中跳上跳下，叫声悦耳动听，中间甚至有披着黄色羽毛而鸟足却是深红色的黄鹂。蝉儿尖厉地鸣叫，蜘蛛悠闲地吐丝。台阶前的青草十分茂盛，而阳光灿烂和煦。啊，纤细的柳条，就好像风中飘荡的轻丝。君王的风度肃穆静美，他率领群臣在树下游玩。小臣我哪里有什么见识，耳聋眼瞎，却有幸在此创作辞赋。我是多么快乐啊！于是以酒樽灌满色泽微黄的美酒，以酒爵献上金浆醇醪（梁国人

做的甘蔗酒，叫作金浆）。美味佳肴种类繁多，堆满了君王的厨房。丝竹管弦乐声纤细清扬，一会儿像是风寒霜冷，树木凋零。金钟之声铃镗，虫鸟之声啾唧，最终只剩下萧条和寂寥。杰出的人才，到处都是。小臣我不能尽绵薄之力，只能尽情享用这美酒佳肴。即使像河清海枯那样倾尽文思，也不能为君王增光一丝一毫。路乔如创作了《鹤赋》，文辞是：这只白鸟头顶着红色的羽冠，在池岸边展翅飞翔。它一会儿伸举脚掌跃跃欲飞，奋起洁白的翅膀希望迅速飞上蓝天。一会儿又俯下修长的脖子举步四望，虽复河清海竭，终无增景于边撩。”路乔如为《鹤赋》，其词曰：“白鸟朱冠，鼓翼池干。举修距而跃跃，奋皓翅之翋翋。宛修颈而顾步，啄沙碛而相欢。岂忘赤霄之上，忽池籞而盘桓。饮清流而不举，食稻粱而未安。故知野禽野性，未脱笼樊。赖吾王之广爱，虽禽鸟兮抱恩。方腾骧而鸣舞，凭朱槛而为欢。”公孙诡为《文鹿赋》，其词曰：“麀鹿濯濯，来我槐庭。食我槐叶，怀我德声。质如缃缛，文如素綦。呦呦相召，《小雅》之诗。叹丘山之比岁，逢梁王于一时。”邹阳为《酒赋》，其词曰：“清者为酒，浊者为醴；清者圣明，浊者顽騃。皆麴涓丘之麦，酿野田之米。仓风莫预，方金未启。嗟同物而异味，叹殊才而共侍。流光醳醳，

在沙地里边啄食边相互追逐。难道它忘记了那广阔的蓝天，只在这禁苑中逗留盘桓？喝着清洌的泉水却不能高飞，吃着稻谷却于心不安。由此可知野禽虽有野性，但没有摆脱樊笼的拘束，这都是倚仗着君王您博大的爱心，即使是禽鸟也怀念您的恩惠。它正跳跃飞腾着鸣叫，靠着红色的栏杆尽情欢乐。公孙诡创作了《文鹿赋》，内容是这样的：那只母鹿长得多么肥美啊，来到我种有槐树的庭院中。它吃着槐树的叶子，怀念我美好的名声。鹿毛像浅黄色的被褥，花纹交错好像白色的玉饰。呦呦鹿鸣召唤着宾客，使人想起《小雅》中的诗篇。可叹我连年隐居山林，终于为梁王所知遇。邹阳创作了《酒赋》，内容是这样的：清洌的称作酒，浑浊的称为醴。清澈的就好比一个圣贤明智的人，浑浊的就好像一个愚笨无知的人。酒曲都采用涓丘的麦子，酒料都选自野田的稻米。春风不能吹进酒瓮，直到秋天也不轻易

甘滋泥泥。醪酿既成，绿瓷既启。且筐且漉，载篘载齐。庶民以为欢，君子以为礼。其品类，则沙洛渌酃，程乡若下，高公之清。关中白薄，清渚萦停。凝醳醇酎，千日一醒。哲王临国，绰矣多暇。召皤皤之臣，聚肃肃之宾。安广坐，列雕屏，绡绮为席，犀璩为镇。曳长裾，飞广袖，奋长缨。英伟之士，莞尔而即之。君王凭玉几、倚玉屏。举手一劳，四座之士，皆若哺粱肉焉。乃纵酒作倡，倾碗覆觞。右曰宫申，旁亦徵扬。乐只之深，不吴不狂。于是锡名饵，祛夕醉，遣朝酲。吾君寿亿万岁，常与日月争光。”公孙乘为《月赋》，其辞曰：“月出皦兮，君子之光。鹍鸡舞于兰渚，蟋蟀鸣于西堂。君有礼乐，我有衣裳。猗嗟明月，当心而出。隐员岩而似钩，蔽

开启。感叹同样的东西却做出不同的味道，可叹不同的人才却聚集在一起。酒色清洌泛着亮光，甘美醇厚的味道让人着迷。醇酒既然已经酿好，就把绿色的瓷瓮打开。用竹筐一遍遍过滤，一边滤酒一边调配。百姓们饮酒寻欢作乐，君子们饮酒讲究礼仪。讲到酒的品类，则有沙洛渌酃、程乡若下，以及高公的清酒。关中的白薄酒，颜色青碧晶莹。这些经过多次酿造的醇厚美酒，喝过的人大醉千日才清醒。圣明的君主治理国家，时间充裕而有闲暇。召集鬓发斑白的老臣，聚集神情恭敬的宾客。安设宽敞的座位，陈列雕饰过的画屏，用丝绸铺作席子，用犀牛角和宝玉作为镇席。抽动长长的衣襟，飞扬宽大的衣袖，摆动脖子上系的长长的帽带。英俊伟岸的宾客，微笑着各自入座。君王靠着玉几案，倚着玉屏风。举手做一下抚慰的姿势，满座的宾客，都好像吃到了美味佳肴一样。于是就纵情饮酒，放声歌唱，碗里倒满，杯中喝光。左

修堞而分镜。既少进以增辉，遂临庭而高映。炎日匪明，皓璧非净。躔度运行，阴阳以正。文林辩囿。小臣不佞。”羊胜为《屏风赋》，其辞曰：“屏风鞈匝，蔽我君王。重葩累绣，沓璧连璋。饰以文锦，映以流黄。画以古烈，颙颙昂昂。藩后宜之，寿考无疆。”韩安国作《几赋》不成，邹阳代作，其辞曰：“高树凌云，蟠纡烦冤，旁生附枝。王尔公输之徒，荷斧斤，援葛藟，攀乔枝。上不测之绝顶，伐之以归。眇者督直，聋者磨砻。齐贡金斧，楚入名工，乃成斯几。离奇仿佛，似龙盘马回，凤去鸾归。君王凭之，圣德日跻。”邹阳、安国罚酒三升，赐枚乘、路乔如绢，人五匹。

右演奏，乐声悠扬。深深沉浸在欢乐中，不高声喧哗，也不举止轻狂。于是君王赏赐名贵的食物，祛除黄昏的醉意，驱散宿醉的恍惚。祝我君王万寿无疆，常与日月共享辉光。公孙乘创作了《月赋》，文辞是：月亮出来是多么皎洁，就像君子的德行一样。凤凰在长有兰草的小沙洲里起舞，蟋蟀在西边的厅堂鸣叫。君王以礼乐招来宾客，我也不能逾越礼制。那是多么美丽的明月啊，出现在天的正中，被高耸的山岩遮掩就像一只钩子，被长长的城堞遮掩，又像一面破裂的明镜。只要稍稍升起增添光彩，就能高悬天际照亮庭院。与月亮相比，炎炎烈日算不上明亮，洁白玉璧也算不得明净。月亮沿着固定的轨道运行，阴阳历法根据它来调整。当着这么多文人辩士的面创作这篇赋，小臣我深感才华不够。羊胜创作了《屏风赋》，文辞是：屏风重重环绕，遮蔽着我们的君王。上面重叠绣着许多花的图案，镶嵌着很多的玉璧珪璋。用有花纹的锦缎装饰，衬托出褐黄的底色。画上古贤烈士的图像，他们庄

重肃敬，士气高昂。我们的君王最适宜用这样的屏风，恭祝他万寿无疆。韩安国写《几赋》，可是写不出来，后来由邹阳代写。文辞是这样的：有一棵树高耸入云，树干盘曲回环向上，旁边还生有枝杈。一些像王耳鲁班那样的能工巧匠，拿着斧头，拉着葛藤，拽着高高的树枝向上攀爬。登上高不可测的树顶，砍下这段木头归来。让瞎了一只眼的工匠把它削直，让耳聋的木匠把木头刨光。齐国进献来了宝贵的斧头，楚国献来了著名的工匠，于是做成了这个木几。它形状离奇，就好像巨龙盘踞，骏马回旋，就好像凤凰飞去，鸾鸟回归。君王依靠着这张几案，他的圣德也将日益完美。邹阳、韩安国罚酒三升，赐给枚乘、路乔如每人五匹绢布。

五侯进王

·原文·

梁孝王入朝，与上为家人之宴，乃问王诸子，王顿首谢曰："有五男。"即拜为列侯，赐与衣裳器服。王薨，又分梁国为五，进五侯皆为王。

·译文·

梁孝王入朝觐见景帝的时候，景帝设家宴招待。席间景帝问起孝王子女的情况，孝王叩头拜谢说："有五个男孩。"景帝当即就封这五个男孩为列侯，赐予列侯相应的礼服及车马旗饰。梁孝王死后，景帝又把梁国分成五个部分，五个列侯都晋封为王。

河间王客馆

· 原文 ·

河间王德筑日华宫，置客馆二十余区，以待学士。自奉养不逾宾客。

· 译文 ·

河间王刘德修建日华宫，其中设置招待宾客的馆舍有二十多处，专门用来接待有学问的人。他自己的生活标准却不超过宾客。

年少未可冠婚

·原文·

梁孝王子贾从朝，年幼，窦太后欲强冠婚之。上谓王曰：“儿堪冠矣。”王顿首谢：“臣闻《礼》二十而冠，冠而字，字以表德。自非显才高行，安可强冠之哉？”帝曰：“儿堪冠矣。”余日，帝又曰：“儿堪室矣。”王顿首曰：“臣闻《礼》三十壮有室。儿年蒙悼，未有人父之端，安可强室之哉？”帝曰：“儿堪室矣。”余日，贾朝至阃而遗其舄，帝曰：“儿真幼矣。”白太后未可冠婚之。

·译文·

梁孝王的儿子刘贾跟着孝王进京朝见皇上，年纪还比较小，可是窦太后想强行给他举行冠礼以便结婚。汉景帝对梁孝王说：“孩子可以加冠了。”孝王叩头拜谢说：“我看《礼记》上说，二十岁举行加冠礼，行加冠礼之后才能取字，字用来表明品德。我儿不是才能出众、品行卓越的人，怎么能够强行给他加冠呢？”景帝说：“这孩子可以加冠了。”过了几天，景帝又说：“孩子可以娶妻成家了。”孝王又叩头拜谢说：“我看《礼记》上说，三十岁时才能娶妻成家。我这孩子年幼，还没有为人父的样子，怎么能够强行娶妻呢？”景帝说：“这孩子可以娶妻成家了。”又过了几天，刘贾上朝，走过一道门槛时，把鞋子下面的木底绊掉了。景帝说：“这孩子确实还是小啊！”就向窦太后禀告说还不能给他举行加冠礼完婚。

劲超高屏

·原文·

江都王劲捷，能超七尺屏风。

·译文·

江都王刘非身手矫健，能跳过七尺高的屏风。

元后燕石文兆

· 原文 ·

元后在家，尝有白燕衔白石，大如指，坠后绩筐中。后取之，石自剖为二，其中有文曰“母天地”。后乃合之，遂复还合，乃宝录焉。后为皇后，常并置玺笥中，谓为天玺也。

· 译文 ·

汉元帝皇后还没有进宫的时候，曾经有一只白燕衔着一块白色的石头，有手指那么大，掉落在元后的针线筐里。元后拿起来，石头就自己断裂为两半，中间有“母天地”的字样。元后把它合上，就又像原来那样合起来了，于是就把它珍藏起来。后来元后做了皇后，常常把这块石头和皇后玉玺一起放在玺笥中，称这是天玺。

玉虎子

• 原文 •

汉朝以玉为虎子，以为便器，使侍中执之，行幸以从。

• 译文 •

汉代宫廷用玉做成小老虎的样子，来当作尿壶，让侍中拿着，皇帝出行时跟在身边。

紫泥

·原文·

中书以武都紫泥为玺室，加绿绨其上。

·译文·

中书用武都县所产的紫泥来做封泥，并且用绿色的丝布蒙在印盒上面。

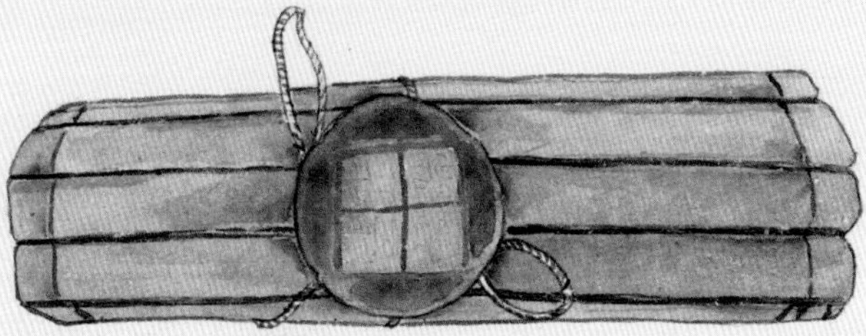

日射百雉

·原文·

茂陵文固阳，本琅琊人，善驯野雉为媒，用以射雉。每以三春之月，为茅障以自翳，用觟矢以射之，日连百数。茂陵轻薄者化之，皆以杂宝错厕翳障，以青州芦苇为弩矢，轻骑妖服，追随于道路，以为欢娱也。阳死，其子亦善其事。董司马好之，以为上客。

·译文·

茂陵县有个叫文固阳的人，本来是琅琊郡的人，擅长驯养野鸡作为鸟媒，用来射猎野鸡。每到春天，他就用茅草做成的屏障来遮挡住自己，用羊角做的箭射杀野鸡，每天可以连射数百只。茂陵那些游手好闲的纨绔子弟，学习并改变了文固阳的做法，都用各种宝物装饰，相互交杂做成遮蔽的屏障，用青州产的芦苇做成弓箭，骑着马，穿着妖艳的服装，在道路上追逐，以此取乐。文固阳死后，他的儿子也擅长用鸟媒射野鸡，董司马喜欢他，把他当作上宾招待。

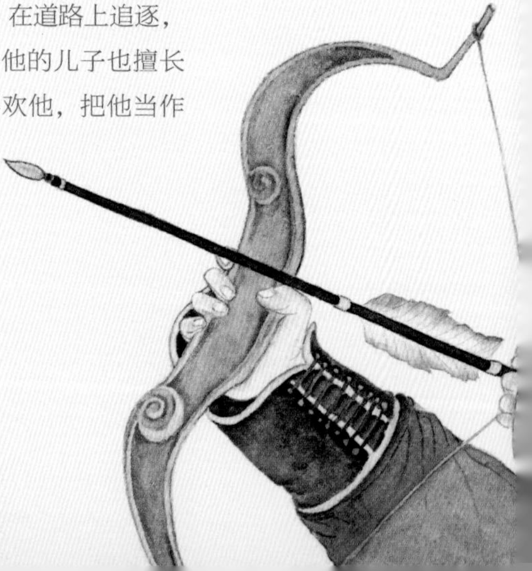

鹰犬起名

·原文·

茂陵少年李亨，好驰骏狗，逐狡兽，或以鹰鹞逐雉兔，皆为之佳名。狗则有修毫、釐睫、白望、青曹之名，鹰则有青翅、黄眸、青冥、金距之属，鹞则有从风鹞、孤飞鹞。杨万年有猛犬，名青驳，买之百金。

·译文·

茂陵县的年轻人李亨，喜欢赶着大猎狗，追逐猛兽，有时又用鹰或鹞去追逐野鸡、兔子，并且给这些鹰犬都起了好听的名字。狗的名字有修毫、釐睫、白望、青曹等，鹰则有青翅、黄眸、青冥、金距等名字，鹞则有从风鹞、孤飞鹞等名字。杨万年有一条凶猛的猎犬，取名叫青驳，买它花了一百金。

长鸣鸡

原文

成帝时，交趾越嶲献长鸣鸡，伺鸡晨，即下漏验之，晷刻无差，鸡长鸣则一食顷不绝，长距善斗。

译文

汉成帝的时候，交趾郡和越嶲郡进献了一种长鸣鸡。等到长鸣鸡报晓的时候，关住漏壶检查，时间一点儿都没差错。鸡长声啼叫能持续一顿饭的工夫不止。这种鸡的鸡爪很长，善于打斗。

陆博术

·原文·

许博昌，安陵人也，善陆博。窦婴好之，常与居处。其术曰："方畔揭道张，张畔揭道方，张究屈玄高，高玄屈究张。"又曰："张道揭畔方，方畔揭道张，张究屈玄高，高玄屈究张。"三辅儿童皆诵之。法用六箸，或谓之究，以竹为之，长六分。或用二箸。博昌又作《大博经》一篇，今世传之。

·译文·

许博昌，安陵县人，擅长陆博的游戏。窦婴也喜欢这种游戏，常常和许博昌一起生活起居。许博昌的技巧是："方畔揭道张，张畔揭道方，张究屈玄高，高玄屈究张。"又说："张道揭畔方，方畔揭道张，张究屈玄高，高玄屈究张。"三辅地区的儿童都能背诵这些口诀。陆博的方法是用六根筷子，有的人也称为究，用竹片做成，有六分长。有时也会用两根筷子。许博昌还写有《大博经》一篇，现在还在世上流传。

战假将军名

原文

高祖与项羽战于垓下，孔将军居左，费将军居右，皆假为名。

译文

高祖和项羽在垓下大战时，声称有孔将军为左军，费将军为右军，实际都是假托的名字。

东方生

·原文·

东方生善啸，每曼声长啸，辄尘落帽。

·译文·

东方朔擅长放声长啸，每次婉转长啸时，就有尘土从屋梁上震落到帽子上面。

古生杂术

·原文·

京兆有古生者，学从横揣磨、弄矢摇丸樗蒲之术，为都掾史四十余年，善诋谩。二千石随以谐谑，皆握其权要，而得其欢心。赵广汉为京兆尹，下车而黜之，终于家。京师至今俳戏皆称古掾曹。

·译文·

京兆有个古生，学习纵横、揣摩、弄矢、摇丸、樗蒲等杂术，担任京兆都掾史有四十多年，擅长说些诙谐戏谑的话。两千石俸禄的大官他也能随意地开玩笑打趣，因为他完全掌握了这些人的机密，并能讨得这些人的欢心。赵广汉担任京兆尹后，刚到任就把他罢免了，古生最终死在家里。京师到现在还把滑稽戏称为“古掾曹”。

娄敬不易旃衣

·原文·

娄敬始因虞将军请见高祖，衣旃衣，披羊裘。虞将军脱其身上衣服以衣之，敬曰：“敬本衣帛，则衣帛见。敬本衣旃，则衣旃见。今舍旃褐，假鲜华，是矫常也。”不敢脱羊裘，而衣旃衣以见高祖。

·译文·

娄敬当年通过虞将军而求见高祖，身上仍穿着粗纺的上衣，披着羊皮袄。虞将军脱下自己身上的衣服给他穿，娄敬说：“我如果是穿着丝绸的衣服，那我就穿着丝绸的衣服去拜见。我如果是穿着粗纺的上衣，那我就穿粗纺的上衣去拜见。现在要我脱下粗纺的上衣，换上华丽鲜艳的衣着，这是弄虚作假。”他最终不肯脱下羊皮袄，还是穿着粗纺的上衣去见高祖了。

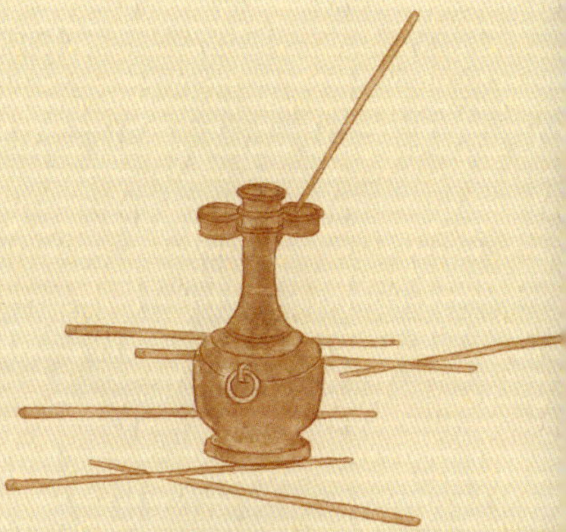

卷伍

· 原文 ·

会稽人顾翱，少失父，事母至孝。母好食雕胡饭，常帅子女躬自采撷。还家，导水凿川，自种供养，每有赢储。家亦近太湖，湖中后自生雕胡，无复余草，虫鸟不敢至焉，遂得以为养。郡县表其闾舍。

母嗜雕胡

译文

会稽郡人顾翱，少年时失去父亲，十分孝顺地侍奉他的母亲。他母亲喜欢吃菰米饭，他就经常带领子女亲自去采摘。回到家后，引水挖沟，自己种植菰米奉养母亲，常常还有盈余。他的家靠近太湖，后来湖中自然生长出菰米，不再长其他杂草，飞鸟和昆虫也不敢来啄食，于是就用湖中的菰米奉养母亲。郡县都在他居住的地方张榜来表扬他。

琴弹《单鹄寡凫》

·原文·

齐人刘道强，善弹琴，能作《单鹄寡凫》之弄。听者皆悲，不能自摄。

·译文·

齐国人刘道强，擅长弹琴，会弹《单鹄寡凫》的琴曲。听了曲子的人都很悲伤，不能自我控制情感。

赵后宝琴

· 原文 ·

赵后有宝琴，曰凤凰，皆以金玉隐起为龙凤螭鸾、古贤列女之象。亦善为《归风》《送远》之操。

· 译文 ·

赵飞燕有一把宝琴，名叫“凤凰”，琴上都用黄金、玉石等镶嵌出隐约凸起的龙凤螭鸾以及古代贤人烈女的图像。她也擅长弹奏《归风》《送远》等琴曲。

邹长倩赠遗有道

·原文·

公孙弘以元光五年为国士所推，上为贤良。国人邹长倩以其家贫，少自资致，乃解衣裳以衣之，释所著冠履以与之，又赠以刍一束、素丝一襚、扑满一枚，书题遗之曰："夫人无幽显，道在则为尊。虽生刍之贱也，不能脱落君子，故赠君生刍一束。诗人所谓生刍一束，其人如玉。五丝为繉，倍繉为升，倍升为緎，倍緎为纪，倍纪为緵，倍緵为襚。此自少之多，自微至著也，类士之立功勋，故赠君素丝一襚。扑满者，以土为器，以蓄钱具，其有入窍而无出窍，满则扑之。土，粗物也。钱，重货也。

·译文·

公孙弘在元光五年（前 130）被菑川国的官吏推荐为贤良文学。菑川国人邹长倩觉得他家境贫寒，没有什么资产，就解开衣裳给他穿，脱掉自己的帽子和鞋送给他，又赠给他青草一把、白色的丝一襚、扑满一个，并且写一封信送给他说："一个人不管是幽滞还是显达，只要有道就是尊贵的。即使他像刚割下的青草一样卑贱，也是不能轻慢的君子。所以就送您新割下的青草一把，这就是诗人所说的'生刍一束，其人如玉'。五緵丝为一繉，两繉为一升，两升为一緎，两緎为一纪，两纪为一緵，两緵为一襚。这是从少到多，从细微到显著的道理。士人建功立业，弘扬名声节操，也正是这样，不要以为小善无足轻

入而不出，积而不散，故扑之。士有聚敛而不能散者，将有扑满之败，而不诫欤？故赠君扑满一枚。猗嗟盛欤！山川阻修，加以风露。次卿足下，勉作功名。窃在下风，以俟嘉誉。”弘答烂败不存。

重就不做，所以送您白色的丝一襚。扑满是用土制成的器物，用来储藏钱财。它有入口没有出口，钱积满了就摔碎它。土是粗糙的东西，钱是贵重的东西。只知道收入而不知道付出，只知道积蓄而不知道散发出来，所以要摔破它。有的人只知道搜刮钱财而不知道散财消灾，就将遭到扑满那样破败的命运，这难道不应该引以为戒吗？所以送给您一个扑满。这是多么重大的事啊！山川阻隔而漫长，加上要风餐露宿。您要踏上旅途，愿您发奋努力，建立功名。我在这里等您美名远扬的一天。”公孙弘的回信已经腐烂破碎，不存在了。

大驾骑乘数

注

· 原文 ·

汉朝舆驾祠甘泉汾阴，备千乘万骑，大仆执辔，大将军陪乘，名为大驾。司马车驾四，中道。辟恶车驾四，中道。记道车驾四，中道。靖室车驾四，中道。象车鼓吹十三人，中道。式道候二人，驾一。左右一人。长安都尉四人，骑。左右各二人。长安亭长十人驾。左右各五人。长安令车驾三，中道。京兆掾史三人，驾一车。三分。京兆尹车驾四，中道。司隶部京兆从事，都部从事别驾一车。三分。司隶校尉驾四，中道。

· 译文 ·

汉朝皇帝车驾出行去甘泉宫和汾阴祭祀时，跟随的人和车马很多，由大仆驾车，大将军陪乘，称为“大驾”。司马车四匹马驾御，在中间一列。辟恶车四匹马驾御，在中间一列。记道车四匹马驾御，在中间一列。靖室令乘的车四匹马驾御，在中间一列。象车、鼓吹乐队十三人，在中间一列。式道候二人，坐的车一匹马驾御。（左右列各一人。）长安都尉四人，骑马。（左右列各二人。）长安亭长十人，驾车。（左右列各五人。）长安令的车三匹马驾御，在中间一列。京兆掾史三人，一匹马驾车。（分成三列。）京兆尹的车四匹马驾御，在中间一列。司隶校都尉的京兆从事、都部从事、别家从事分别驾一车。（分成三列。）司隶校尉的车四匹马驾御，在中间一列。廷尉的车四匹马驾御，在中间一列。太仆、宗正带着从事，四匹马驾车。（分左右两列。）太常、光禄、卫尉，四匹马驾车。（分成三列。）太尉属下的都督令史、贼曹属、仓

廷尉驾四，中道。太仆宗正引从事，驾四。左右。太常光禄卫尉，驾四。三分。太尉外部都督令史、贼曹属、仓曹属、户曹属、东曹掾、西曹掾，驾一。左右各三。太尉驾四，中道。太尉舍人祭酒，驾一。左右。司徒列从，如太尉王公骑。令史持戟吏亦各

曹属、户曹属、东曹掾、西曹掾，一匹马驾车。（左右列各三人。）太尉的车四匹马驾御，在中间一列。太尉舍人、祭酒，一匹马驾车。（分列左右。）司徒的随从，像太尉王公的随从一样骑马。（令史、持戟吏也是各八人，鼓吹乐队十部。）中护军骑马，在中间一列。（左右各三行，戟盾、弓矢、鼓吹各

八人，鼓吹十部。中护军骑，中道。左右各三行，戟盾、弓矢、鼓吹各一部。步兵校尉、长水校尉，驾一。左右。队百匹。左右。骑队十。左右各五。前军将军。左右各二行，戟盾、刀盾、鼓吹各一部，七人。射声翊军校尉，驾三。左右二行，戟盾、刀盾、鼓吹各一部，七人。骁骑将军，游击将军，驾三。左右二行，戟盾、刀盾、鼓吹各一部，七人。黄门前部鼓吹，左右各一部，十三人，驾四。前黄麾骑，中道。自此分为八校。左四右四。护驾御史骑。左右。御史中丞驾一，中道。谒者仆射驾四。武

一部。）步兵校尉、长水校尉都是一匹马驾车。（分列左右。）马队一百匹。（分成左右列。）骑兵十队。（左右列各五队。）前军将军。（左右列各两行，戟盾、刀盾、鼓吹乐队各一部，七人。）射声校尉、翊军校尉，三匹马驾车。（左右列各两行，戟盾、刀盾、鼓吹乐队各一部，七人。）骁骑将军、游击将军，三匹马驾车。（左右各两行，戟盾、刀盾、鼓吹乐队各一部，七人。）黄门令管辖的前部鼓吹乐队，左右列各一部，十三人，四匹马驾车。前黄麾骑马，在中间一列。从这里开始分为八队。（左右各四队。）护驾御史骑马。（分列左右。）御史中丞的车一匹马驾御，在中间一列。谒者仆射的车四匹马驾御。武刚车四匹马驾御，在中间一列。九斿车四匹马驾御，在中间一列。云罕车四匹马驾御，在中间一列。皮轩车四匹马驾御，在中间一列。

刚车驾四，中道。九斿车驾四，中道。云罕车驾四，中道。皮轩车驾四，中道。阘戟车驾四，中道。鸾旗车驾四，中道。建华车驾四，中道。左右。虎贲中郎将车驾二，中道。护驾尚书郎三人，骑。三分。护驾尚书三，中道。相风乌车驾四，中道。自此分为十二校。左右各六。殿中御史骑。左右。典兵中郎骑，中道。高华，中道。罼罕。左右。御马。三分。节十六。右八左八。华盖，中道。自此分为十六校。左八右八。刚鼓，中道，金根车。自此分为二十校，满道。左卫将军，右卫将军。华盖。自此后麋烂不存。

阘戟车四匹马驾御，在中间一列。鸾旗车四匹马驾御，在中间一列。建华车四匹马驾御，在中间一列。（分列左右。）虎贲中郎将车两匹马驾御，在中间一列。护驾尚书郎三人，骑马。（分成三列。）护驾尚书三人，在中间一列。相风乌车四匹马驾御，在中间一列。从这里开始分为十二队。（左右各六队。）殿中御史骑马。（分列左右。）典兵中郎骑马，在中间一列。名门望族，在中间一列。罼罕。（分列左右。）御马。（分成三列。）符节十六副。（左右各八副。）华盖，在中间一列。从这里开始分为十六队。（左右各八队。）刚鼓，在中间一列。金根车。从这里开始分为二十队，列满道路。左卫将军、右卫将军。华盖。（在这之后的文字腐烂不存在了。）

董仲舒天象

·原文·

元光元年七月，京师雨雹。鲍敞问董仲舒曰：“雹何物也？何气而生之？”仲舒曰：“阴气胁阳气。天地之气，阴阳相半，和气周回，朝夕不息。阳德用事，则和气皆阳，建巳之月是也，故谓之正阳之月；阴德用事，则和气皆阴，建亥之月是也，故谓之正阴之月。十月阴虽用事，而阴不孤立，此月纯阴，疑于无阳，故谓之阳月，诗人所谓‘日月阳止’者也。四月阳虽用事，而阳

·译文·

元光元年（前134）七月，国都长安下起了冰雹。鲍敞问董仲舒：“冰雹是什么东西？是什么气生成了冰雹？”董仲舒说：“阴气胁迫阳气而生成。天地间的气，阴气和阳气各占一半，产生的和合之气，周回复始，从早到晚一刻也不停歇。阳气占主导地位时，则和合之气都是阳气，夏历四月就是这样的，所以称为‘正阳之月’。阴气占主导地位时，则和合之气都是阴气，夏历十月就是这样的，所以称之为‘正阴之月’。十月的时候，虽然阴气占主导地位，

不独存，此月纯阳，疑于无阴，故亦谓之阴月。自十月已后，阳气始生于地下，渐冉流散，故言息也，阴气转收，故言消也。日夜滋生，遂至四月，纯阳用事。自四月已后，阴气始生于天上，渐冉流散，故云息也，阳气转收，故言消也。日夜滋生，遂至十月，纯阴用事。二月、八月，阴阳正等，无多少也。以此推移，无有差慝。运动抑扬，更相动薄，则熏蒿歊蒸，而风雨云雾雷电雪雹生焉。气上薄为雨，下薄为雾，风其噫也，云其气也，雷其相击之声也，电其相击之光也。二气之初蒸也，若有若无，若实若虚，若方若圆。攒聚相合，其体稍重，故雨乘虚而坠。风多则合速，故雨大而疏。风少则合迟，故雨细而密。其寒月则雨凝于

但是阴气并不是孤立存在的。这个月纯是阴气，人们不相信没有阳气，所以称为‘阳月’。这就是诗人所说的‘日月阳止’。四月虽然是阳气占主导地位，但是阳气也不是独自存在的。这个月纯是阳气，人们不相信没有阴气，所以称为‘阴月’。从十月往后，阳气在地下慢慢滋生，传播扩散，所以说它是在生长。阴气开始收敛，所以说它是在消竭。阳气日夜不停地滋生，一直到四月，全部都是阳气。从四月往后，阴气开始在天上慢慢滋生，传播扩散，所以说它是在生长。阳气慢慢收敛，所以说它是在消竭。阴气日夜不停地滋生，一直到十月，全部都是阴气。二月、八月，阴气和阳气相等，没有差别。阴阳二气就是按照这样的规律循环往复，没有出现过差错。阴气和阳气上下高低来回运动，相互作用，相互激荡，气不断地蒸腾着，于是就产生了风雨云雾雷电雪雹。气往上升，就变成了雨，往下压就形成了雾。风是它们呼出的气，

上，体尚轻微，而因风相袭，故成雪焉。寒有高下，上暖下寒，则上合为大雨，下凝为冰霰雪是也。雹，霰之流也，阴气暴上，雨则凝结成雹焉。太平之世，则风不鸣条，开甲散萌而已；雨不破块，润叶津茎而已；雷不惊人，号令启发而已；电不眩目，宣示光耀而已；雾不寒望，浸淫被泊

云是它们产生的气雾，雷是它们互相搏击时发出的声音，电是它们互相搏击时的火光。阴阳二气刚开始蒸腾的时候，若有若无，若实若虚，若方若圆。它们聚集起来，结合在一起，积到一定重量，就变成雨点从天空中飘落下来。风大，二气结合的速度就快，所以雨点落下来就大而疏。风小，二气结合的速度就慢，所以雨点落下来就小而密集。寒冷的月份，雨在上空凝结，还很轻薄，被风一吹，就变成了雪。寒气有高下的差别，上面温暖下面寒冷，那么上层的云气就聚集变成大雨，下层的云气就凝结为冰雪雪珠。冰雹，就是雪珠一类的东西。阴气突然往上冲，雨就凝结成冰雹了。在太平盛世，刮风不会把树枝吹得哗哗乱响，只是使种子破壳发芽而已；下雨不会大得砸碎土地，只会滋润植物的叶子和根茎；打雷不会使人感到惊恐，只是发布号令让万物苏醒；闪电不会使人感到眼花，只是显示一下自己的光芒；雾不会阻碍人们远

而已；雪不封条，凌殄毒害而已。云则五色而为庆，三色而成矞；露则结味而成甘，结润而成膏。此圣人之在上，则阴阳和，风雨时也。政多纰缪，则阴阳不调。风发屋，雨溢河，雪至牛目，雹杀驴马，此皆阴阳相荡，而为祲沴之妖也。”敞曰：“四月无阴，十月无阳，何以明阴不孤立，阳不独存邪？”仲舒曰：“阴阳虽异，而所资一气也。阳用事，此则气为阳；阴用事，此则气为阴。阴阳之时虽异，而二体常存。犹如一鼎之水，而未加火，纯阴也；加火极热，纯阳也。纯阳则无阴，息火水寒，则更阴矣；纯阴则无阳，加火水热，则更阳矣。然则建巳之月为纯阳，不容都无复

望，只是弥漫开来，使大地浸润在水汽里；雪不会埋没树枝，只是消灭那些害虫而已。云有五色，就成为庆云；呈现三色，就成为矞云。露珠的味道是甘甜的，滋润得大地十分肥沃。这是因为圣人在统治着，所以阴阳调和，风调雨顺。如果国家的统治政策有很多错误，那么阴阳就会失调。大风会掀翻屋顶，暴雨会溢出河堤，大雪会塞瞎牛眼，冰雹会砸死驴马，这都是阴阳之气相互激荡而形成的不祥云气所带来的灾祸。”鲍敞说：“四月没有阴气，十月没有阳气，如何知道阴气不是独立，阳气不是独自存在呢？”董仲舒回答说：“阴阳虽然不同，但是本质上是一样的，都是凭借一种气。阳气占主导地位时，那么这时候的气都是阳气；阴气占主导地位时，这时候的气都是阴气。阴阳之气占主导地位的时间不同，但是二气却是永恒存在着的。就好像有一鼎水，没有加火时，是纯阴的；加火烧到最热以后，就变成了纯阳的。完全是

阴也，但是阳家用事，阳气之极耳。荠麦枯，由阴杀也。建亥之月为纯阴，不容都无复阳也，但是阴家用事，阴气之极耳。荠麦始生，由阳升也。其著者，葶苈死于盛夏，款冬华于严寒，水极阴而有温泉，火至阳而有凉焰。故知阴不得无阳，阳不容都无阴也。”敞曰：“冬雨必暖，夏雨必凉，何也？”曰：“冬气多寒，阳气自上跻，故人得其暖，而上蒸成雪矣。夏气多暖，阴气自下升，故人得其凉，而上蒸成雨矣。”敞曰：“雨既阴阳相蒸，四月纯阳，十月纯阴，斯则无二气相薄，则不雨乎？”曰：“然则纯阳纯阴，虽在四月十月，但月中之一日耳。”敞曰：“月中何日？”曰：“纯

阳的，就没有阴，把火熄灭，水变凉了，那么就又变成阴的了。完全是阴的，没有阳，加火把水烧热，就变成阳的了。所以四月是纯阳，并不是说不存在阴气了，只是阳的一方占主导，阳气达到极盛而已。荠菜遭阴气侵犯而枯萎了，是被阴气杀死的。十月为纯阴之月，并不是说不存在阳气了，只是阴的一方占主导，阴气达到极盛而已。荠菜超越阴气又重新生长，是由于阳气上升的缘故。举最显著的例子，葶苈在盛夏死去，款冬在严冬盛开，水是偏阴的，却有温泉，火是偏阳的，却有不热的火焰。由此可见，阴不能离开阳，阳也不能完全离开阴。”鲍敞说：“冬天下雨必定温暖，夏天下雨一定很凉爽，这里面有什么原因？”董仲舒说：“冬天的气大多都很寒冷，阳气向上升，所以人们觉得温暖。而气向上蒸腾就形成了雪。夏天的气大多很温暖，阴气从下面上升，所以人们会感觉凉爽。而气向上蒸腾，就变成了雨。”鲍敞说：“雨既然是阴阳二气相互蒸腾的结果，那么四月全是阳气，十月全是

阳用事，未夏至一日；纯阴用事，未冬至一日。朔旦、夏至、冬至，其正气也。”敞曰：“然则未至一日，其不雨乎？”曰：“然。颇有之，则妖也。和气之中，自生灾沴，能使阴阳改节，暖凉失度。”敞曰：“灾沴之气，其常存邪？”曰：“无也，时生耳。犹乎人四支五脏，中也有时，及其病也，四支五脏皆病也。”敞迁延负墙，俯揖而退。

阴气，没有二气的相互迫近，难道就不下雨了吗？”董仲舒说：“是这样。完全是阳气或者阴气固然是在四月和十月，但只是这两个月中的一天。”鲍敞说：“这两个月的哪一天？”董仲舒说：“完全是阳气占主导的，是在夏至前一天；完全是阴气占主导的，是在冬至前一天。每月的初一、夏至、冬至，就是阴阳之气最为纯正的时候。”鲍敞问：“既然如此，那么夏至、冬至的前一天，就不下雨了吗？”董仲舒说：“是这样的。有时候也下雨，但这是妖异。阴阳之气在和合当中，自身产生了不祥的妖气，它会使阴阳违反了节令，暖凉失去了控制。”鲍敞问：“灾害不祥的妖气是经常存在的吗？”董仲舒回答：“不是的，但是随时都会产生。这就像人的四肢五脏，多数时候是正常的，但出了毛病的时候，四肢五脏都会出毛病了。”鲍敞退了几步靠到墙边，弯身作了个揖，告辞而去。

郭舍人投壶

·原文·

武帝时，郭舍人善投壶，以竹为矢，不用棘也。古之投壶，取中而不求还，故实小豆于中，恶其矢跃而出也。郭舍人则激矢令还，一矢百余反，谓之为骁。言如博之擎枭于掌中，为骁杰也。每为武帝投壶，辄赐金帛。

·译文·

汉武帝的时候，郭舍人擅于投壶，用竹子做算筹，不用酸枣木。古时候的人投壶，只求投中，而不求筹子跳出来，所以在投壶中装了小豆，避免筹子从里面跳出来。郭舍人却能让筹子跳回来，一个筹子可以来回弹跳一百多次，并把这个来回跳跃的筹子称为“骁”。这是说他像博戏时牢牢掌握着枭那样，是投壶中掌控骁的俊杰。他每次替汉武帝投壶，汉武帝都会赐给他金银和丝帛。

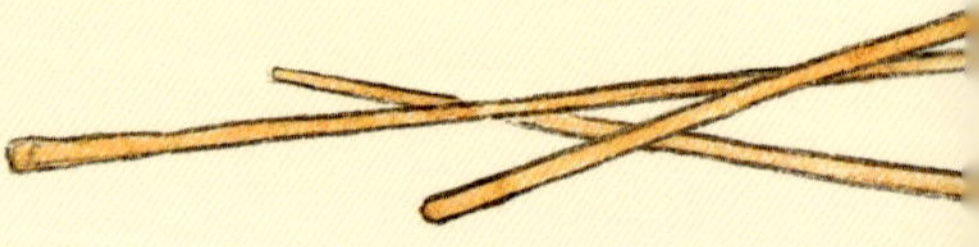

象牙簟

·原文·

武帝以象牙为簟，赐李夫人。

·译文·

汉武帝用象牙做成席子，赐给李夫人。

贾谊《鹏鸟赋》

·原文·

贾谊在长沙，鹏鸟集其承尘。长沙俗以鹏鸟至人家，主人死。谊作《鹏鸟赋》，齐死生，等荣辱，以遣忧累焉。

·译文·

贾谊谪居在长沙时，有一群鹏鸟停息在他床顶悬挂的承尘上。长沙地方的风俗认为鹏鸟飞到人的家里，这家的主人就会死去。贾谊于是写下了《鹏鸟赋》，表示要混同死生，均等荣辱，来排遣心中的忧郁烦恼。

金石感偏

·原文·

李广与兄弟共猎于冥山之北，见卧虎焉。射之，一矢即毙。断其髑髅以为枕，示服猛也。铸铜象其形为溲器，示厌辱之也。他日，复猎于冥山之阳，又见卧虎，射之，没矢饮羽。进而视之，乃石也，其形类虎。退而更射，镞破簳折而石不伤。余尝以问扬子云，子云曰："至诚则金石为开。"余应之曰："昔人有游东海者，既而风恶，船漂不能制，船随风浪，莫知所之。一日一夜，得至一孤洲，共侣欢然。下石植缆，登洲煮食。食未熟而洲没，在船者斫断

·译文·

李广和兄弟一起到冥山的北面打猎，看到一只猛虎卧着，就拉弓射箭，一箭就把它射死了。他把老虎的骷髅折断做成枕头，表示征服了猛虎，又用铜铸成这只老虎的样子做成尿壶，表示嫌弃侮辱的意思。后来有一天，他又在冥山的南面打猎，又看见一只卧着的老虎，一箭射去，箭头深深地射进去，连尾部的羽毛都陷进去看不见了。走近一看，原来是一块石头，形状很像老虎。退后再射，结果箭头射破，箭杆折断，而石头丝毫无损。我曾经拿这件事问过扬雄，扬雄说："心意最诚时，连金石都会为之感动得开裂。"我回答说："从前有人游东海，不久就刮起了暴风，船飘荡摇摆失去控制，随风逐浪，不知道要漂流到何方。一天一夜后才到一个孤零零的小岛上，船上的人很高兴。有人便抛下石锚，系起缆绳，登上小岛煮东西吃。东西还没煮熟，小岛就沉没

其缆，船复漂荡。向者孤洲乃大鱼，怒掉扬鬣，吸波吐浪而去，疾如风云。在洲死者十余人。又余所知陈缟，质木人也。入终南山采薪，还晚，趋舍未至，见张丞相墓前石马，谓为鹿也，即以斧挝之，斧缺柯折，石马不伤。此二者亦至诚也，卒有沉溺缺斧之事，何金石之所感偏乎？”子云无以应余。

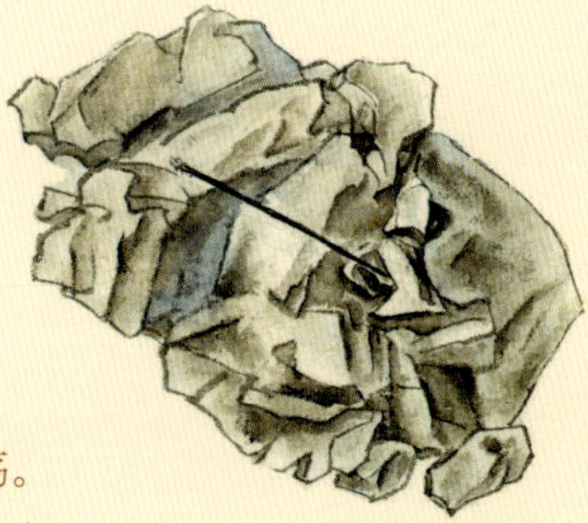

了，留在船上的人砍断缆绳，船又继续漂荡。先前那个孤零零的小岛原来是一条大鱼，它奋力掉头，呼吸间波涛汹涌，吞吐着波浪离去，快得像风吹云飘。在小岛上死的人有十几个。又如我所认识的陈缟，是个生性质朴的人。他到终南山去砍柴，回来晚了，赶着回家，没到家门时看到张苍墓前的石马，以为是一头鹿，就挥起斧头砍去，结果斧头缺了口，斧柄也折断了，石马却丝毫无损。这两组人都是极其诚心的，最终却遭到了沉没和斧头缺口的结果，为何金石的那份诚意感动有偏心呢？”扬雄也找不出话来回答我。

卷陆

文木赋

·原文·

鲁恭王得文木一枚，伐以为器，意甚玩之。中山王为赋曰："丽木离披，生彼高崖。拂天河而布叶，横日路而擢枝。幼雏羸𪃎，单雄寡雌，纷纭翔集，嘈嗷鸣啼。载重雪而梢劲风，将等岁于二仪。巧匠不识，王子见知。乃命班尔，载斧伐斯，隐若天崩，豁如地裂。华叶分披，条枝摧折。既剥既刊，见其文章。或如龙盘虎踞，复似鸾集凤翔。青緺紫绶，环璧珪璋。重山累嶂，连波叠浪。奔电屯云，薄雾浓雰。麚宗骥旅，鸡族雉群。蠋绣鸯锦，莲藻芰文。色比金而有裕，盾（质）参玉而无分。裁为用器，曲直舒卷。修竹映池，高松

·译文·

鲁恭王得到一根文木，砍下来做成器物，内心很是高兴。中山王刘胜为这件事写了一篇赋，说："美丽的树木枝叶纷披，生长在那边高高的悬崖上。枝条掠过银河而布满绿叶，在太阳运行的轨道边横斜抽枝。初生的小鸟瘦弱待哺，单飞的雄鸟雌鸟纷纷飞来栖息在这树上，发出嘈嗷的鸣啼。身披积雪但树梢仍在劲风中舞动，年岁差不多等同于天地。巧匠们没有发现它，却被王子得知。王子便派能工巧匠带着斧子来砍伐这棵大树，轰隆一声，好像天崩地裂，树叶纷纷落下，树枝都被砍折。将它削光剥净后，才看见它内部的纹理。有的像龙盘虎踞；有的像鸾凤翱翔云集；有的像青紫色的丝带，悬挂着玉环玉璧和珪璋；有的像重叠的山峰，层层的波浪；有的像雷电奔驰，云雾集

植巘。制为乐器，婉转蟠纡，凤将九子，龙导五驹。制为屏风，郁茀穹隆。制为杖几，极丽穷美。制为枕案，文章璀璨，彪炳涣汗。制为盘盂，采玩踟蹰。猗欤君子，其乐只且！”恭王大悦，顾盼而笑，赐骏马二匹。

聚；有的像雄鹿骏马聚集在一起，又像成群的家鸡野鸡；有的像绣着鹅蝶鸳鸯的华丽锦缎；有的又像莲花水草和菱角上的纹理。色彩比黄金还要好看，质地与美玉相比而不差分毫。将它锯下来做成器物，弯曲舒展任人挑选。有的像细长的竹子映照着池塘，有的像高高的松树生长在山巅。用它做成乐器，形状优美曲折。乐声有的像凤带着九个儿子鸣叫，有的像龙领着五子啼吟。用它制成屏风，形状蜿蜒起伏，好像高峻的山峰。用它做成手杖和几案，十分的精美。用它制成枕头和小桌，光彩夺目，文采焕发。用它制成盘盂，主人赏玩得不舍离去。多么美好的君子啊，愿它快乐不已。”鲁恭王看了十分高兴，向左右看看充满笑容，赏赐给中山王两匹骏马。

广川王发古冢

·原文·

广川王去疾，好聚亡赖少年，游猎毕弋无度，国内冢藏，一皆发掘。余所知爰猛，说其大父为广川王中尉，每谏王不听，病免归家。说王所发掘冢墓不可胜数，其奇异者百数焉。为余说十许事，今记之如左。

魏襄王冢，皆以文石为椁，高八尺许，广狭容四十人。以手扪椁，滑液如新。中有石床、石屏风，宛然周正。不见棺柩明器踪迹，但床上有玉唾壶一枚、铜剑二枚。金玉杂具，皆如新物，王取服之。

·译文·

广川王刘去疾，喜欢聚集一批顽赖少年，毫无节制地兜游射猎。广川王所统治的国内的墓葬以及墓中所藏的随葬品，全被他们发掘了。我所熟悉的爰猛说给我听，他的祖父曾担任过广川国的中尉，每每规劝，广川王不听，他便托病辞官回家了。他说广川王所盗掘的墓葬数不胜数，其中奇怪的事情有一百来件。他向我详述了十来件事，现在将它们一一记录如下。

魏襄王的墓，全用带纹理的石块做外棺，高约八尺，长宽能容下四十人，用手摸外棺，华润如新。墓中有石床、石屏风，都完好无缺。没看见棺柩中那些随葬品的踪影，只是石床上有玉唾壶一只，铜剑两柄，以及一些金银美玉做的杂具，都像新的，广川王拿去使用了。

魏哀王的墓，上面全部用铁水浇铸，挖凿了三天才打开。有一股黄气像雾一样向人的鼻子眼睛扑过来，气味辛辣刺鼻，人无

哀王冢，以铁灌其上，穿凿三日乃开。有黄气如雾，触人鼻目，皆辛苦不可入。以兵守之，七日乃歇。初至一户，无扃钥。石床方四尺，床上有石几，左右各三石人立侍，皆武冠带剑。复入一户，石扉有关钥，叩开，见棺柩，黑光照人，刀斫不入，烧锯截之，乃漆杂兕革为棺，厚数寸，累积十余重，力不能开，乃止。复入一户，亦石扉，开钥得石床，方七尺。石屏风铜帐钩一具，或在床上，或在地下，似是帐糜朽，而铜钩堕落床上。石枕一枚，尘埃朏朏，甚高，似是衣服。

法进到墓里面。派士兵把守七天后气味才消散。开始进到的一扇门，没有门锁。有一张石床，长宽各四尺，床上有石头几案，左右各有三个石人侍立着，都穿戴着武士的衣冠还带着剑。又进到一扇门，石门上有门锁，打开来，看到了棺柩，黑光照人。刀砍不进去，用烧热的锯子锯断它，原来是兽皮掺杂了漆做成的棺木，有好几寸厚，累计有十来层，人力打不开，就住手了。又进到一扇门，也是石门，打开门锁，看到一张石床长宽各七尺，石屏风和铜钩各一副，有的在床上，有的在地下，像是帐子朽烂之后，

床左右石妇人各二十，悉皆立侍，或有执巾栉镜镊之，象或有执盘奉食之形。无余异物，但有铁镜数百枚。

魏王子且渠冢，甚浅狭，无棺柩，但有石床，广六尺，长一丈，石屏风，床下悉是云母。床上两尸，一男一女，皆年二十许，俱东首，裸卧无衣衾，肌肤颜色如生人，鬓发齿爪亦如生人。王畏惧之，不敢侵近，还拥闭如旧焉。

袁盎冢，以瓦为棺椁，器物都无，唯有铜镜一枚。

晋灵公冢，甚瑰壮，四角皆以石为玃犬捧烛，石人男女四十余，皆立侍，棺器无复形兆，尸犹不坏，孔窍中皆有金玉。其余器物皆朽烂不可别，唯玉蟾蜍一枚，大如拳，腹空，容五合水，光润

铜钩掉落在床上。有石枕头一只，上面积满了尘埃，尘埃堆得很高，像是朽烂的衣服。床的两边各有二十个石妇人，都是站立侍奉的样子，有的是手执毛巾、梳子、镜子、镊子的样子，有的是举着盘子侍奉进食的样子。此外没有其他东西，只有铁镜几百枚。

魏国王子且渠的墓很浅且狭窄，没有棺柩，只有一张石床，宽六尺，长一丈，还有石屏风，床下都是云母石。床上有两具尸体，一男一女，年纪都在二十岁左右，头朝东，全身赤裸地躺着，没有衣服和遮盖尸体的单被。肌肤和脸色就像活人一样，鬓发、牙齿、手指也如活人。广川王很害怕，不敢靠近，退出来后把墓穴照旧填塞封闭起来。

袁盎的墓，是用瓦做的棺柩，什么随葬品也没有，只有一枚铜镜。

晋灵公的墓十分瑰丽壮观，四周都用石块做成猴子和犬捧烛

如新，王取以盛书滴。

幽王冢，甚高壮，羡门既开，皆是石垩，拨除丈余深，乃得云母，深尺余，见百余尸，纵横相枕藉，皆不朽，唯一男子，余皆女子，或坐或卧，亦犹有立者，衣服形色不异生人。

栾书冢，棺柩明器朽烂无余。有一白狐，见人惊走，左右遂击之，不能得，伤其左脚。其夕，王梦一丈夫，须眉尽白，来谓王曰："何故伤吾左脚？"乃以杖叩王左脚。王觉，脚肿痛生疮，至死不差。

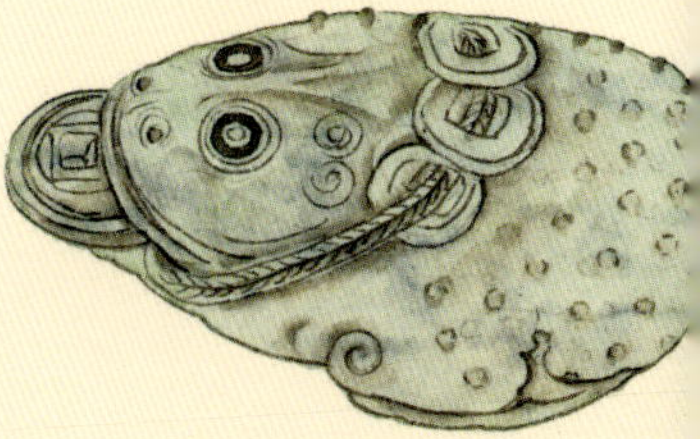

的形状，男女石人四十多个，都侍立两旁。棺柩和随葬器物都没有了，尸体还没腐烂，七窍中还有金银珠玉。其他的器物都腐烂得分不清是什么东西了。只有一枚玉蟾蜍，大如拳头，腹中是空的，能装半升水，光滑如新，广川王拿去磨墨时盛水用。

幽王墓十分高大壮观，墓门打开后，全是白色土，清理到一丈多深，才看到云母石，再深挖一尺多，看到一百多具尸体，纵横交错相互枕靠，都没有腐烂，只有一名男子，其余全是女子，有的坐着，有的躺着，也还有站着的，衣服的样式颜色和活人一样。

栾书的墓中，棺柩以及随葬品都已经全部腐烂了。有一只白狐，看到人便惊慌地逃走了，广川王手下的人就去追击它，没有追到，打伤了它的左脚。当晚，广川王梦到一名男子，胡子眉毛都白了，对他说："为什么打伤我的左脚？"就用手杖敲打广川王的左脚。广川王醒来，脚肿痛生疮，到死都没好。

太液池五舟

原文

太液池中有鸣鹤舟、容与舟、清旷舟、采菱舟、越女舟。

译文

太液池当中有鸣鹤舟、容与舟、清旷舟、采菱舟和越女舟。

孤树池

·原文·

太液池西有一池，名孤树池。池中有洲，洲上煔树一株，六十余围，望之重重如盖，故取为名。

·译文·

太液池的西边有一个水池，叫孤树池。池中有一块沙洲，沙洲上有一棵杉树，树身有六十多人合抱那么粗，看上去像一层层的伞盖，所以取名为“孤树池”。

昆明池舟数百

原文

昆明池中有戈船、楼船各数百艘。楼船上建楼橹，戈船上建戈矛，四角悉垂幡旄，旍葆麾盖，照灼涯涘。旍少时犹忆见之。

译文

昆明池中有戈船、楼船各数百艘。楼船上建有瞭望台，戈船上装有戈和矛，四周全挂着旗帜作为装饰，旌旗顶盖照亮了水边。记得我小时候还看到过船上的旌旗。

玳瑁床

·原文·

韩嫣以玳瑁为床。

·译文·

韩嫣用玳瑁来做床。

书太史公事

·原文·

汉承周史官，至武帝置太史公。太史公司马谈，世为太史，子迁，年十三，使乘传行天下，求古诸侯史记，续孔子古文，序世事，作传百三十卷，五十万字。谈死，子迁以世官复为太史公，位在丞相下。天下上计，先上太史公，副上丞相。太史公序事如古《春秋》法，司马氏本古周史佚后也。作《景帝本纪》，极言其短及武帝之过，帝怒而

·译文·

汉朝继承周代的史官制度，到武帝时设置太史公。太史公司马谈，家族世代担任史公。儿子司马迁十三岁时，便让他乘着驿车走遍天下，访求古代各诸侯国的史书记载，接着孔子的《春秋》记载世事，完成了史传一百三十卷，五十万字。司马谈死后，司马迁因为家族世袭也当上了太史公，地位仅次于丞相。各地郡县到京城呈上计簿时，都先上呈给太史公，而把副本上呈丞相。太史公记事模仿古代的《春秋》笔法，司马氏本来就是古代周初始官史佚的后

削去之。后坐举李陵，陵降匈奴，下迁蚕室。有怨言，下狱死。宣帝以其官为令，行太史公文书事而已，不复用其子孙。

代。他写《景帝本纪》，极力叙说景帝的缺点和武帝的过错，武帝发怒，将他写的删掉了。后来因为举荐李陵，李陵投降了匈奴，司马迁被处以宫刑。他说了一些不满的话，被抓到监狱里处死了。宣帝将太史公这个官职改为太史令，只是履行太史公之前负责的文书事宜而已，而且不再用司马迁的子孙担任这一官职。

皇太子官

·原文·

皇太子官称家臣，动作称从。

·译文·

皇太子的属官称作"家臣"，皇太子的行动作为称为"从"。

两秋胡曾参毛遂

·原文·

杜陵秋胡者，能通《尚书》，善为古隶字，为翟公所礼，欲以兄女妻之。或曰："秋胡已经娶而失礼，妻遂溺死，不可妻也。"驰象曰："昔鲁人秋胡，娶妻三月而游宦三年，休，还家，其妇采桑于郊，胡至郊而不识其妻也，见而悦之，乃遗黄金一镒。妻曰'妾有夫，游宦不返，幽闺独处，三年于兹，未有被辱如今日也。'采不顾。胡惭而退，至家，问家人妻何在，曰：'行采桑于郊，未返。'既还，乃向所挑之妇也。夫妻并惭。妻赴沂水而死。今之秋胡，非昔之秋胡也。

·译文·

杜陵县人秋胡，通晓《尚书》，擅长写古隶书，被翟公礼遇，翟公要把哥哥的女儿嫁给他。有人说："秋胡已经娶妻并且违反礼制，他的妻子就投水溺死了，不能嫁给他。"驰象说："从前有个鲁国人叫秋胡，娶了妻子才三个月，就外出做官，长达三年。休假的时候他回家了。他的妻子在郊外采桑，秋胡走到郊外，但已经不认识自己的妻子了，见了她很喜欢，就送给她一镒黄金。妻子说：'我有丈夫，在外做官没回来。我独自生活在幽深的闺房里，至今已有三年了，从没有受到像今天这样的侮辱。'她继续采桑不回头。秋胡惭愧地离开了，到家后问家人妻子在哪里，家里人回答说：'出去到郊外采桑还没回来。'等到妻子回来，秋胡才明白妻子就是自己刚刚挑逗的那个女人。夫妻俩都感到羞愧，妻子去沂水投水而死。现在的秋胡不是从前的秋胡。从前鲁国有两个曾参，赵国有两个毛遂。南边的曾参杀了人被抓了起来，

昔鲁有两曾参，赵有两毛遂。南曾参杀人见捕，人以告北曾参母。野人毛遂坠井而死，客以告平原君，平原君曰：‘嗟乎，天丧予矣！’既而知野人毛遂，非平原君客也。岂得以昔之秋胡失礼，而绝婚今之秋胡哉？物固亦有似之而非者。玉之未理者为璞，死鼠未腊者亦为璞；月之旦为朔，车之辀亦谓之朔，名齐实异，所宜辨也。”

有人跑去告诉北边曾参的母亲。野人毛遂掉到井里死了，门客中有人告诉了平原君，平原君叫道：‘啊呀，老天爷要了我的命啊！’不久知道是乡野之人毛遂，不是平原君门客中的那个毛遂。怎么能因为以前的秋胡失礼，就拒绝把女儿嫁给现在的秋胡呢？事物原本也有表面相似而本质不同的。玉珏没有经过加工的叫璞，死老鼠肉没有晒干也叫作璞。每月第一天叫作朔，车的辕也叫作朔，名称相同，实质却不一样，这是应当辨别的。”

图书在版编目（CIP）数据

西京杂记 /（汉）刘歆撰；刘瑜绘．-- 南昌：江西美术出版社，2022.1
（古人的繁华人间）
ISBN 978-7-5480-7927-9

Ⅰ．①西… Ⅱ．①刘… ②刘… Ⅲ．①笔记小说－小说集－中国－西汉时代 Ⅳ．①I242.1

中国版本图书馆 CIP 数据核字（2020）第 244093 号

出 品 人：周建森
责任编辑：姚屹雯
责任印制：谭　勋
书籍设计：韩　超　先鋒設計 PIONEER DESIGN

西京杂记
古人的繁华人间
XI JING ZA JI
GUREN DE FANHUA RENJIAN
［汉］刘　歆／撰　刘　瑜／绘

出　　版：江西美术出版社
地　　址：南昌市子安路 66 号江美大厦
网　　址：jxfinearts.com
电子邮箱：jxms163@163.com
电　　话：0791-86566309
邮　　编：330025
经　　销：全国新华书店
印　　刷：湖北金港彩印有限公司
版　　次：2022 年 1 月第 1 版
印　　次：2022 年 1 月第 1 次印刷
开　　本：787 毫米 ×1092 毫米　1/32
印　　张：6.75
书　　号：ISBN 978-7-5480-7927-9
定　　价：68.00 元